美文馆

小小说·美文馆

主编◉马国兴 吕双喜

最具想象力的叙事美文

U0729338

路灯

深夜里游走的

SHENYELI YOUZOU DE LUDENG

每个人的人生，恰如由一篇篇小小说与美文组成，一页翻过，又是新的篇章，看似毫不相干，却又唇齿相依。

"小小说·美文馆"丛书，所选作品思想内涵、艺术品位和智慧含量兼具，在这个信息碎片化的网络时代，为您提供精良的智慧读本。

郑州大学出版社

图书在版编目(CIP)数据

最具想象力的叙事美文·深夜里游走的路灯/马国兴，
吕双喜主编．—郑州：郑州大学出版社，2013.5(2023.3重印)
（小小说美文馆）
ISBN 978-7-5645-1394-8

Ⅰ.①最⋯　Ⅱ.①马⋯②吕⋯　Ⅲ.①小小说-小说
集-中国-当代　Ⅳ.①I247.8

中国版本图书馆 CIP 数据核字（2013）第 043816 号

郑州大学出版社出版发行

郑州市大学路 40 号　　　　　　邮政编码：450052
出版人：孙保营　　　　　　　　发行部电话：0371-66658405
全国新华书店经销
三河市鑫鑫科达彩色印刷包装有限公司印制
开本：710 mm×1 010 mm　1/16
印张：13
字数：230 千字
版次：2013 年 5 月第 1 版　　　印次：2023 年 3 月第 3 次印刷

书号：ISBN 978-7-5645-1394-8　　定价：42.00 元
本书如有印装质量问题，请向本社调换

"小小说·美文馆"丛书

总 策 划 、总 主 审

杨 晓 敏　骆 玉 安

编委名单

主　编　马国兴　吕双喜

编　委　（以姓氏笔画排序）

　　　　王彦艳　牛桂玲　李恩杰

　　　　步文芳　连俊超　郑兢业

　　　　梁小萍

序

杨晓敏

书来到我们手上，就好像我们去了远方。

阅读的神妙之处，在于我们能够经由文字，在现实生活之外，构筑属于自己的精神生活。透过每篇文章，读者看到的不仅是故事与人物，也能读出作者的阅历，触摸一个人的心灵世界。就像恋爱，选择一本书也需要缘分，心性相投至关重要，阅读的过程中，你会发现他与自己的不同，而你非常喜欢，也会发现他与自己的相同，以致十分感动。阅读让我们超越了世俗意义上的羁绊，人生也渐渐丰厚起来。

在这个信息碎片化的网络时代，面对浩若烟海的读物，读者难免无所适从，而阅读选本无疑是一个不错的选择。从《诗经》到《唐诗三百首》再到《唐诗别裁》，从《昭明文选》到"三言二拍"再到《古文观止》，历代学者一直注重编辑诗文选本，千淘万漉，吹沙见金。鲁迅先生说过："凡选本，往往能比所选各家的全集更流行，更有作用。册数不多，而包罗诸作。"为承续前人的优秀传统，我们编选了"小小说·美文馆"丛书。

当代中国，在生活节奏加快与高科技发展的影响下，传统的阅读与写作方式发生了深刻的变化，小小说应运而生，成为当下生活中的时尚性文体。小小说注重思想内涵的深刻和艺术品质的锻造，小中见大、纸短情长，在写作和阅读上从者甚众，无不加速文学（文化）的中产阶级的形成，不断被更大层面的受众吸纳和消化，春雨润物般地为社会进步提供着最活跃的大众智力资本的支持。由此可见，小小说的文化意义大于它的文学意义，教育意义大于它的文化意义，社会意义又大于它的教育意义。

小小说贴近生活，具有易写易发的优势。因此，大量作品散见于全国数千种报刊中，作者也多来自民间，社会底层的生活使他们的创作左右逢源。一种文体的兴盛繁荣，需要有一批批脍炙人口的经典性作品奠基支撑，需要

1

有一茬茬代表性的作家脱颖而出。所以,仅靠文学期刊,是无法垒砌高标准的巍巍文学大厦的。我们编选"小小说·美文馆"丛书,是对人才资源和作品资源进行深加工,是新兴的小小说文体的集大成,意在进一步促进小小说文体自觉走向成熟,集中奉献出思想内容与艺术形式兼优的精品佳构,继而走进书店、走进主流读者的书柜并历久弥新,积淀成独特的文化景观,为小小说的阅读、研究和珍藏,起到推波助澜的作用。

编选"小小说·美文馆"丛书,我们选择作品的标准是思想内涵、艺术品位和智慧含量的综合体现。所谓思想内涵,是指作者赋予作品的"立意",它反映着作者提出(观察)问题的角度、深度和批判意识,深刻或者平庸,一眼可判高下。艺术品位,是指作品在塑造人物性格,设置故事情节,营造特定环境中,通过语言、文采、技巧的有效使用,所折射出来的创意、情怀和境界。而智慧含量,则属于精密判断后的"临门一脚",是简洁明晰的"临床一刀",解决问题的方法、手段和质量,见此一斑。

"小小说·美文馆"丛书共计十卷,分别为《最具想象力的叙事美文·深夜里游走的路灯》《最具感染力的爱情美文·当你孤单你会想起谁》《最具欣赏性的幽默美文·能说话的那堵墙》《最具实用性的写作美文·活着的手艺》《最具领悟力的哲理美文·有温度的词汇》《最具启发性的智慧美文·领着自己回家》《最难忘的军旅美文·沉默的子弹》《最生动的动物美文·一只在夜色中穿行的猫》《最清新的自然美文·赴一场心静如菊的盛宴》《最给力的草根美文·消逝的事物》。一定意义上说,人生就是由一篇篇小小说组成的,希望"小小说·美文馆"丛书为你的阅读人生增添美妙的元素。

好书像一座灯塔,可以使我们在瞬息万变的社会不迷失自己的方向,并能在人生旅途中执着地守护心中的明灯。读书是一种积极的生活情趣,一个对未来的承诺。读书,可以使我们在人事已非的时候,自己的怀中还有一份让人感动的故事情节,静静地荡涤人世的风尘。当岁月像东去的逝水,不再有可供挥霍的青春,我们还有在书海中渐次沉淀和饱经洗练的智慧,当我们拈花微笑,于喧嚣红尘中自在地坐看云起的时候,不经意地挥一挥手,袖间,会有隐隐浮动的书香。

(杨晓敏,河南省作协副主席,郑州小小说文化传媒有限公司董事长、总编辑,《小小说选刊》《百花园》主编。)

目 录

槐抱柳

袁省梅

你见过这样的树吗？

本是棵槐树，扭曲的躯干，黑铁般的龟裂的表皮，半腰里却像被谁挖走了般，凹陷成一个马槽般的大坑。偏偏就在那大坑里长出了一棵柳树，枝条越长越大，夹在槐树横横竖竖的枝条间。风沙把村里村外的树都击打得枯死了，却在槐抱柳跟前没了奈何。

槐抱柳活着，准确地说，槐抱柳也有一部分死了，死了的是槐树的一半，长在槐树怀里的柳树却活得好好的。

这棵树生长在五里柳，是五里柳唯一的一棵树，也是五里柳最老的树。谁也不知道这棵树多少岁了。就像不知道王长信老人多少岁。有人说老人一百岁了，有人说加上闰年闰月该一百多岁了。王长信老人听了，笑得嘎嘎的，指着村口的槐抱柳说："它肯定知道，你们问它吧。"

可是，没人问这棵老树。

人们都很忙。

人们被风沙撵着，忙着搬家。人们说，五里柳不能住了，风沙要把人都给埋了。

王长信老人没走。老人说他不走，说那些空荡荡的院子房子不让他走，五里柳不让他走。老人说，我走了，谁管这棵槐抱柳呢？

王长信老人每天从很远的地方担水，给自己喝，给槐抱柳喝。

都走了，就剩咱俩了。王长信老人给树浇着水，咯咯笑，五里柳就剩咱俩个活物了。老人把这棵树当成人了。

王长信老人浇完树，又去挑水了。村里，地里，老人种了好多棵树苗。老人说，我就不信风沙能跑过咱。老人叨叨着，五里柳不能只有你和我啊。

咱得把风沙撵走，得让房子是房子，院子是院子，得让鸡飞狗跳鸟叫人闹。

一场风沙过后，五里柳又是死寂一片，树苗东倒西歪的，有的连影子也吹刮到很远的地方看不见了。村口的槐抱柳就担心，戚戚地把满身的结疤都瞪成了大大小小的眼睛寻找老人。槐抱柳担心风沙把老人也吹刮得歪倒了。沙梁上老人咯咯地笑，我的命硬着哩，不怕。

老人在沙梁上，挖了更深的树坑，把一棵棵倒了的树苗扶起来，压实，浇水。老人说，我就不信撵不走沙，不信这树活不了。

恣肆的阳光里，老人提着铁锹，担着水桶，晃晃悠悠，晃晃悠悠地在沙梁上忙碌。

槐抱柳安心了，安安静静地没有一丝声息。老人再给老树浇水时，老树就对老人说："您也是一棵树，会走的树。"老人咯咯咯咯笑得开心，粗糙的手抚着老树，说："我是树，咱都是树，五里柳要有好多的树。"槐抱柳满枝头的叶子就哗哗哗哗响了起来。

然而有一天，老人没有来。太阳在天上肆无忌惮地滚着，从东滚到西，老树都没看见老人，老树的每个枝条都耷拉得没了精神。

连着好几天，老树都没看见老人的身影，没有听见老人咯咯咯咯的笑声。五里柳是座空村。老人的笑声在村子的哪个角落，就是在十里外那条细如发丝的河边，老树也能听见老人呼哧呼哧粗重的喘息。老树开始担心起来。没有老人，五里柳就真的完了。老树忧愁地想着。

夕阳给五里柳罩了一件金线银丝般的外衣时，老树看见了老人。老人晃晃悠悠地担着水，说："不服老不行了，得叫他们都回来，回来栽树。"老树看着老人，满树的枝条都担心地揪扭成了一团。

第二天，老人果然唤来了四五个人。老人和这几个人回到村里。老人摘下一把猩红晶亮的大枣给这几个人吃。那是老人栽种的沙枣树上结的大枣。

老人说："好吃吧？"

老人说："不能白吃，你们得帮我栽树。吃一颗枣，栽一棵树。"

那些人看着沙梁上的树，说："栽树栽树。我们都栽树。把五里柳的人都唤回来栽树。"

老树看见老人脸上狡黠的笑，一层一层地堆积。老人悄悄地给老树说："不急，他们会回来的。五里柳还是五里柳，你信吗？"

果然，更多的人来到了五里柳。人们栽树累了，就坐在老树下，望着槐抱柳说，树老成精哩，有槐抱柳护佑着五里柳，五里柳就不会被黄沙埋了。

老树说，老人才是精哩，他是五里柳的精魂。

老人咯咯咯咯地笑着，靠着老树的槽坐了下去。

老树看见老人慢慢慢慢地坐在了它的怀里。

老树用它糙糙却温暖的"马槽"，像抱柳树一样，抱住了老人。

洁 癖

张晓林

米芾素有洁癖。在世俗人的眼里,这是一种怪病。因为这种病,米芾得罪过许多人。

杨皓是黄庭坚的朋友,与米芾也多有交往。他们常在一起饮酒,吟诗填词,切磋书艺。有一天,他们来樊楼小酌。杨皓是个很洒脱的人,席间,他叫来了三个歌伎,一边喝酒,一边听歌,很有些当今某些官员的做派了。

喝着喝着,杨皓就喝得高兴了。他离开座位,走到一个歌伎跟前,一弯腰,撩起歌伎的长裙,把她的绣花鞋给脱了下来。他把绣鞋搁在鼻子前深深地吸一下,放进酒杯,对大家说:"这叫鞋杯,今天咱们喝个花酒。"

他的话还没说完,米芾的脸就黑透了。他抬起脚,"哗啦——"把酒桌踢翻在地。

杨皓也勃然变色。

从此,米杨二人再没有来往过。

除了书法、绘画、砚台、奇石,米芾还喜欢饮茶。他常对朋友说:"品茶试砚,是第一韵事。"

米芾饮茶,喜欢"淡者",也叫"茶佛一味"。

更多的时候,米芾喜欢一个人独饮。缓烹慢煎,细品悠啜。窗外或是芭蕉细雨,或是撼天大雪,都仿佛离自己很遥远了——这其中滋味,不可言传。

有时候,也携一二好友共饮。品茶,一人得神,二人得趣,三人得味,人再多,趣味全无了。

能和米芾一起饮茶的,多是些骚人墨客。

但也有看走眼的事情发生。

米芾新得了几饼蔡襄的小龙团,恰逢这一夜月白风清,米芾来了清致,便携茶拜访初结识的朋友赵三言。

赵三言是赵宋宗室，吹得一口好横笛，婉转悠扬，没有一丝尘俗之音。

米芾结识他，是听了他的横笛后。

坐定，赵三言让书童去烹茶，二人说了一些闲话。茶上来，香气淡淡地充溢了整个屋子。赵三言很激动，连呼："好茶！"米芾有点不高兴了。他觉得这喊声太刺耳！

茶稍凉，赵三言连喝三盏，嘴里啧啧有声。

米芾坐不住了，他"呼"地站起来，他说："没想到你这个人这么俗！"

米芾把这个新结识的朋友又给得罪了。找上门来得罪人，这就是米芾。

杨皓上次受了米芾的羞辱，一直窝在心里。

这一年，米芾犯了事。

有人得了一幅戴嵩的《斗牛图》，弄不准真伪，就拿来叫米芾鉴别。画幅打开，米芾眼睛都直了。他对来人说："画，先搁在这儿，你明天来取，我得细细地揣摩一下。"

那人犹豫了一阵子，还是放下了《斗牛图》。

第二天，那人来取画，米芾说："画是假的。"

来人接过米芾递过来的《斗牛图》，狐疑地走了。

不久，那人就把米芾告到了御史台，说米芾骗走了他的名画。

主抓这个案子的御史，就是杨皓。

杨皓是办案的行家。他找来一个鉴画的老油子，老油子一看，说："这画墨色不会超过半月。"

米芾没话说了。他还给那人的《斗牛图》是他临摹的。他把真迹给昧下了。

杨皓把米芾关进了大牢。在狱中，米芾也没能丢掉他的怪毛病。

狱卒来给他送饭，米芾告诉他："再送饭请把饭碗举过头顶。"

狱卒觉得这个犯人很有意思。

狱卒也是个人来疯，下次送饭，他把饭碗举得高高的，嘴里唱着戏文，旋风般地来去——他当成一种乐趣了。

有一天，偶与人谈及此事，那个人知道米芾的底细，笑笑说："没有别的，这个人爱干净，他怕你嘴里的浊气呼到饭上去。"

狱卒听了，半天没有言语。只有牙齿在嘴巴里咯嘣咯嘣响。

晚上送饭，狱卒见米芾还在梦乡，就拾起两三根稻草，窝了窝，去旁边的溺器中蘸了一下,捞出,狠狠地在饭碗里搅拌起来。

　　米苇睡醒了,觉得肚子饿得厉害。他看见了狱门的饭碗。他走过去,端起了饭碗。

一相情愿

张晓林

蔡京站在金丝笼前,给一只鹦鹉喂蟹黄。此刻,他的脸也呈蟹黄色。

蔡京一边喂鹦鹉,一边在生一个人的气。他真的没有想到,上午在西池的时候,林摅会说出那样一句话!

林摅,字友龙,江苏扬州人,徽宗时期书法名家。《宣和御览》录其书法两件,酷似王献之,而又掺以颜真卿笔意,颇可观。最初,林友龙是以诗词名重一时的。他的诗棱角突兀,想象奇诡,多为讽世之作。

蔡京与林摅结识,就是因为他的一首诗。

宋哲宗元五年,蔡京被贬为扬州太守。初上任的那些日子,他的心情很不好,为发泄内心的愤懑,他治理扬州很严厉。扬州百姓凡因家长里短、鸡毛蒜皮有了口角争执来州衙告状的,只要蔡京看着不顺眼,就先让衙役各打二十杀威棒再断里表。不长时间,来告状的人少了,扬州一派太平景象。然而,老百姓暗地里都大骂蔡京为蔡大虫。

不久,街面上就流行起一首诗来,讽刺蔡京的做派。这首诗的诗名很滑稽,叫《啄木鸟》。其中两句是"吴楚园林阔,茫茫争奈何"。蔡京读了这首诗后,半晌没有言语。自此,蔡京收敛了许多。

林摅也在民间落下个"林啄木"的绰号。

有一天,蔡京游庙山,又读到林摅题庙山仙居的一对诗联:"庙山仙居无多景,只有黄鹂三两声。"大为赞赏,回州衙后让当地画家画了一幅画,并在上面题跋云:"此是林啄木题庙山诗联意,大雅,可资酒兴也。"随即派人把这幅画和一只金酒杯给林摅送了过去。

蔡京放不下林摅了,他多次在人前人后说:"林友龙真乃奇才也!"

崇宁初,蔡京拜相。他没有忘记林摅,特意修书一封,把林摅请到京城,在蔡府做了一名幕僚。

过了一阵子,蔡京瞅了个机会,又把林摅举荐给了宋徽宗。徽宗召见林摅的时候,却出现了一点小曲折。林摅有个毛病,一紧张就结巴。在集贤殿,宋徽宗问林摅:"你字友龙,龙是什么?龙是天子,是皇帝,是朕,你倒是说说看,你怎么个与朕做朋友法?"林摅紧张万分,大汗淋漓,半句话都说不出来了。也不知是怎样走出集贤殿的,直到蔡京扯他的袖子,林摅才如梦初醒。蔡京问:"赵官家可满意?"林摅涨红了脸,半天才说清当时的情景。蔡京轻轻一叹,说:"这个不难对,你为什么不对'尧、舜在上,臣愿与夔、龙为友'?"林摅无言。

几天后,蔡京再次举荐林摅。宋徽宗又一次召见了他。这一次,徽宗让他谈谈对《大晟乐》的看法。林摅又一次紧张了,稀里糊涂答了一个字:"讹。"徽宗茫然:"讹?讹是什么意思?"这时,蔡京求见,走进殿来。徽宗见到蔡京,又问蔡京道:"蔡爱卿可知'讹'是什么意思?"蔡京瞅了林摅一眼,不慌不忙地回答徽宗:"江南人唤'和'为'讹',友龙的意思是说《大晟乐》是主'和'的,是一曲太平盛世的颂歌。"徽宗高兴地点点头,说:"好,答得好。朕听说林爱卿正直敢言,那就去御史台谋个差使吧。"林摅就去御史台当了个御史台知杂事的小官,负责起草一些无关紧要的公文。

到御史台之后,林摅很快学会了东京官话。有一天,蔡京在蔡府宴请林摅,让他代为起草一篇贺表。林摅搦起一管紫狼毫,略一思索,笔走龙蛇,一篇贺表就水墨淋漓地呈现在了蔡京面前。蔡京读完此表,拍案叹服:"真是一篇奇文啊!"忽然,蔡京的目光停留在一句话上:"众非后何戴,率倾就望之心;无不尔或承,永怀畏爱之德。"蔡京说:"这句话不好,'无不尔或承'对'众非后何戴'似乎偏枯了,如若改成'臣不命其承'就亲切易懂了。"

林摅不同意。他说:"宰相的'臣不命其承'胜'无不尔或承'何止千倍。但不能改,一改文章风格就不统一了。"

蔡京默然。

这件事过后不长时间,林摅又替蔡京作了一篇《天神示现表》。蔡京读后,说:"国家昌盛,友龙之文,真为时而出也。"

林摅笑笑,脱口诵出一联:"畴昔不命其承,抑云过矣;今日为时而出,厥有旨哉?"

蔡京闻言,看着林摅,脸上闪过一丝不易察觉的厌恶。

底下,蔡京的门客说:"林友龙太张狂,宰相把他撵回扬州去算了!"

蔡京摆摆手，一笑作罢。

宣和五年二月，蔡京举荐林摅出任御史台御史。蔡京门下都大惑不解。林摅上任的第二天，蔡京在西池为他设宴接风。

席间，蔡京去小解，忽然失足跌落水中，他在水中扑腾了好大一阵子，喝了三五口冷水，才被众人救出。

林摅走过来，看着湿漉漉的蔡京，笑着问："不知宰相肚里的文章湿否？"听了这话，不知是气的还是冻的，蔡京突然抖得厉害。

那天下午，当蔡京站在蔡府大椿树下的金丝笼前喂鹦鹉的时候，他的的确确是生气了。可是，第二天一走出相府，蔡京便面带微笑地给林摅送去了一幅颜真卿的《赠友人葛干帖》，并与林摅掌而谈至日暮。

蔡京的门客彻底迷惑了，私下问蔡京："难道宰相一点都不厌恶'林啄木'吗？"

蔡京的脸阴暗下来："我是想让世人看看，啥叫'宰相肚里能撑船'！"

但是世人没有看到这一点。在他们的眼里，蔡京依然是一副奸臣嘴脸。

哑　仆

＊张晓林＊

　　圉镇沈公纪，做过一任县令，后来仿东晋陶渊明《归去来兮辞》，作了一篇《辞官归园赋》，脱去七品乌纱，不坐轿，不骑马，乘一匹四蹄翻雪小毛驴，带着一个仆人，回到了故里。

　　一年后，公纪就在圉镇南头，谢家池塘旁边，盖起了一处草堂——两间小茅草屋，房前栽几棵杨柳；左边雇人挖了一个大池子，种十来株芙蓉；又从别处运来几块奇形怪状的石头，竖在池子的中间——很简单。公纪给草堂起了个名字，很雅，叫"暂住园"。

　　公纪平日不常出门，闲了就在池子旁边吟诵诗词，公纪吟诵诗词好像都是从《诗三百》里抄下来的。他吟诵的声音很高——站在园子外面就能听得见。

　　有时读着读着，他还会突然喊上一声："老封，给池子注上些水！"

　　老封就是公纪辞官时带回的那个老仆。

　　的确是个老仆了，头上已经没有几根头发，牙齿似乎也缺了一两颗，他还有些罗锅，看人翻着眼睛，黑眼珠子就剩下了一半，像俩半个乌黑的药丸。人都这么老了，眼珠子还这么黑！真有说不出的诡异。

　　公纪辞官时什么都不带，带回这么一个老仆，也是一桩怪事！

　　其实，并不怪。

　　他把公纪的杂活全包了！买菜，买盐，买油，买醋，去谢家池塘里担水，全是他一人。担水，他用的是大木桶，铁箍箍着。年轻人见了这样的桶，也会吸上一口凉气，可老封担着这样的桶还能一路小跑。人们都觉得老封这个人不简单，有点古怪。时间长了，也有胆大的泼皮想和老封搭讪两句，老封却一概不搭腔。他和谁都不搭腔。

他是个哑巴。

哑巴老封在镇上从不招惹人，也不轻易看你，免得叫你害怕。恶作剧的小孩子倒不觉得老封可怕，只觉得他好玩。见老封从街上走过，他们就躲在暗处朝老封扔小坷垃和小砖头。有时还用弹弓子打。对象就是老封那黑不溜秋只几根杂毛的秃脑壳。"砰——叭!"秃脑壳上响了一下，看老封，没有一点反应，照旧袖着手在街上走，脑袋摆动一下的意思都没有! ——那脑袋仿佛不是他的。

可有一回，老封却做了一件叫人吃惊的事。

那天，他去"聚味斋"定做月饼，走进门来，听见两个人正那里议论公纪。

一个说："公纪好好的放着县令不做，一定是犯了事，来避风声的。"

另一个说："你看他天天神神秘秘的，还有那个哑巴仆人，能像归隐的吗?"

二人忽然都不说话了，他们感到一股寒气逼向了他们。

他们一仄脸，就看到了那两个半乌黑的药丸，那寒气就是从那里渗出来的。

他们觉得大祸临头了。

果然，"嚓、嚓"两下，两人的下巴同时掉了下来，说不成话了。再看老封，还站在老地方，似乎没有动过身子。

人们不由"咦"了一声，大白天见了鬼魅一般，愈觉着老封这个人古怪了!

这一年。黄昏。公纪备了酒宴，把老封叫到了密室，亲自给老封斟酒。老封连干三大碗，喝得满脸悲壮。小半夜时分，一个古怪的身影就离开了暂住园，消逝在苍茫的夜色中。

三天后的黎明，整个镇子还沉睡在一片静寂之中，老封就跟跟跄跄地叩开了暂住园的柴门，他的一只胳臂下挟了两口乌木箱子，另一只胳臂有半个已经不见了，那玄色的夜衣上，还隐隐看到渗出的血迹。他脸色蜡黄，黑药丸般的眼睛也似乎淡了下去……

不久，有人就听到这样的一则传闻。

南京商丘应天府尹时飞鹏，为了讨好当权者收罗的大批奇珍古玩，在雍丘西十八里岗被"吃"，来人武功高强，但还是吃了点亏。

隔两年，沈公纪东山再起，竟出任了大名府知府。不知道是什么原因!走时，他把暂住园一把火烧掉了。他不准备再住了。啥也没带，仍只带着那个老仆，那个哑巴，上任去了。那哑巴仆人比来时少了半条胳臂，他就用那只完好的牵着那头小毛驴，沈公纪就坐在驴背上。

沈公纪在驴背上朝零星围看的人拱拱手，脸上闪着红光。

又过了几年，沈公纪升任户部尚书。同时升任尚书的还有应天府知府时飞鹏，二人同为官，见面拱手、拍肩、称兄道弟，很亲热。有一天，时飞鹏请公纪去家里喝酒，喝醉了，公纪说，改天飞鹏兄也去小弟家喝。时飞鹏听了，竟连连摇手，不去，不去，我说不上来为啥怕见你家的那个哑巴仆人，一见他我身上就直蹿凉气……再说，他那条胳膊……我总觉得有点蹊跷，总觉得像……

走出时府，公纪的官服早被冷汗浸透了。

又隔一段时间，哑巴仆人老封突然暴死，浑身乌黑，眼睛圆睁，黑药丸一样的眼珠子又上去了一半，他好像对什么事有点不相信的样子……

行走在岸上的鱼

蔡·楠

红鲤逃离白洋淀,开始了在岸上的行走。她的背鳍、腹鳍、胸鳍和臀鳍便化为了四足。在炙热的阳光和频繁的风雨中,红鲤细嫩的身子逐渐粗糙,一身赤红演变成青苍,漂亮的鳞片开始脱落,美丽的尾巴也被撕裂成碎片。然而,红鲤仍倔强而执著地行走着,离水越来越远。

其实红鲤何尝不眷恋那清纯澄明的白洋淀水呢?那里曾是她的家园呀!那荷、那莲、那苇、那菱,甚至那叫不上名来的翁翁郁郁、密密匝匝的水草,都让她充满了无尽的遐想。她和她的父母、兄弟姐妹在这一方碧水里遨游、嬉戏,实在是一种极大的快乐!更何况红鲤是同类中最招喜爱最受羡慕最出类拔萃的宠儿呢!她有着与众不同的赤红的锦鳞,有着一条细长而美丽的尾巴,有着一身潜游仰泳的本领。因此红鲤承受着同类太多的呵护和太多的爱怜。

如果不是逃避老黑的魔掌,如果不是遇到白鲢,如果不是渔人们不停息地追捕,红鲤也许就平静地在白洋淀里生活了,直到衰老死亡,直到化为白洋淀的一朵小小的浪花。

厄运开始于那个炎热的夏天。天气干燥久无雨霖,白洋淀水位骤降,红鲤家族居住的明珠淀只剩下了半米深的水。红鲤家族不得不在一天夜里开始向深水里迁移。迁移途中,鲤鱼们遭到了一群黑鱼的袭击。那是一场心惊肉跳的厮杀。黑涛翻腾,白浪迸溅,红波激荡。鲤鱼们伤亡惨重。最后的结局是红鲤被黑鱼族头领老黑猎获,鲤鱼们才得以通行。

其实老黑早就风闻着垂涎着红鲤的美丽。因此老黑有预谋地安排了这次伏击战。老黑将红鲤俘获到他的洞穴,以一个胜利者的姿态享受着红鲤,折磨着红鲤,糟蹋着红鲤。红鲤身上满布啮痕和伤口,晶莹剔透的眼睛不几天就暗淡了下去。红鲤忍受着煎熬,也暗暗地寻找着逃跑的机会。

中午是老黑最为倦怠的时刻。为逃避渔人们的捕杀,老黑不敢出洞,常常是吃完夜间觅来的食物后便沉入梦乡。就是中午,红鲤悄悄地挣开老黑粗硬尾巴和长须的缠绕,轻甩尾鳍,打一个挺儿便钻出了黑鱼洞,浮上了水面。红鲤望见了水一样的天空,望见了鱼一样的鸟儿,望见了树叶一样漂浮的渔船。老黑率领一群黑鱼一路啸叫追逐而来。红鲤急中生智,躲到了一只渔船的尾部。她看到渔船上那个头戴斗笠的年轻渔人甩出了一面大大的旋网,旋网在空中生动地画一个圆,便准准地罩住了黑鱼群。

红鲤扁扁嘴,一个猛子扎入深水,向远处游去。接下来的日子,红鲤开始了对红鲤家族的寻找。寻找,一度成为红鲤生命的主题。在寻找中,红鲤的伤口发了炎,加之不易觅食,又饿又痛,终于昏倒在寻找的水道上。

这时,白鲢出现在红鲤的生死线上。白鲢将红鲤托进了荷花淀。白鲢用嘴吮吸清洗红鲤的伤口,一口一口地喂她食物。红鲤便复苏在白鲢的绵绵柔情里。

荷花淀里便多了一对亲密的俪影,红鲤红,白鲢白,藕花映日,荷叶如盖。红鲤和白鲢在无数个白天和夜晚听渔歌互答,看鸥鸟飞徊,享鱼水之欢。白鲢就对红鲤说,天空的鸟自由,也比不过我们呢,它们飞上天空,不知被多少猎枪瞄着呢!红鲤就提醒说,我们也不自由呀,荷花淀外的渔船一只挨一只,人们各式各样的渔具,都在威胁着我们,说不定哪一天我们就会成为网中之鱼呢!

果然,不幸被红鲤言中。一个午后,白鲢和红鲤出外觅食,兴之所至,便远离了荷花淀。他们穿过了一道又一道苇箔,绕过一条又一条粘网,闪过一只又一只鱼叉,快活地畅游、嬉戏、交欢。他们来到了一个细长而幽邃的港汊间,这时一只嗒嗒作响的渔船开过来,白鲢看见一柄长长的钓竿伸下,一个圆乎乎的铁圈拖着长长的电线冲他们伸来。白鲢用尾巴一扫红鲤,喊了声快跑,便觉一股电流划过,一阵晕眩,就失去了知觉。

红鲤亲眼目睹了白鲢被电船电翻打捞上去的经过。红鲤扎入青泥中紧贴苇根再不愿动弹。她陷入了绝望和恐惧之中。一个越来越清晰的念头强烈地震撼着她:离开这里,离开水,离开离开离开……

天黑了,一声炸雷响起,暴风雨来了。红鲤缓慢地浮上水面。暴雨如注,水面一片苍茫。红鲤一个又一个地打着挺儿,一个又一个地翻着跟头。突然又一阵更大的雷声,又一道更亮的闪电,红鲤抖尾振鳍昂首收腹,一头冲进了暴风雨，然后逆流而上，鸟一样跨过白洋淀，竟然飞落到了岸上。

那场暴风雨过后，红鲤便开始了岸上的行走。

此时红鲤的腹内已经有了白鲢的种子，可悲的是白鲢还不知道，他永远也不会知道。为了白鲢，她要在岸上走下去。

红鲤不相信鱼儿离不开水这句话。她要创造一个鱼儿离水也能活的神话，她要寻找一块能够自由栖息自由生活的陆地。

那个夏天过后，陆地上出现一群行走着的鱼。

关键词

蔡 楠

　　鲁米娜在单位做打字员十年了,她打印的材料足足有一火车。这一火车材料除了拉走她的青春、爱情,就是给她留下了带病的身体和一个残疾的孩子,还有一份菲薄的收入。然而,最近单位换了领导,听说要清退临时工,以后怕连这份菲薄的收入也保不住了。

　　鲁米娜坐在电脑旁,心绪不宁。她的手在键盘上随意敲击着。那是一双十分灵巧的手。就是这双手,鱼一样游走在玲珑的键盘上,游走在文字的海里,将一些毫不相干的汉字神奇般地连缀成一篇又一篇的讲话、报告、总结、计划……

　　现在鲁米娜坐在电脑旁,停止了敲击。她想,我十年来都是为别人敲击,我从来没为自己的生活敲击过什么。十年了,和我一起走进这个单位的人有的转了正,有的当了科长、主任。而我呢? 十年来默默无闻,甚至有的领导还叫不上我的名字,只知道我叫小鲁。这公平吗?

　　鲁米娜第一次这么深刻地思考自己的命运,她的血开始上涌,于是她愤怒地在键盘上重重地一击。怪了,电脑显示屏上竟然显示出了两个汉字:转正。这两个字一出现,鲁米娜就感觉到有人进来了,来到了打字室。是单位的人事科长。人事科长把几张表格放到了鲁米娜面前,笑吟吟地说:"小鲁,恭喜你啊,上面批下来几个转正指标,领导们研究了,给你一个,你要请客啊!"鲁米娜接过表格,一下子就跳了起来:"太好了太好了,你说科长,我在哪里请你?"人事科长咧了咧嘴:"在哪里都行,不过先请你把脚拿开好吗?我的脚是不是硌得你脚疼?""噢,对不起对不起。"鲁米娜连忙找来抹布,蹲下身来给人事科长擦鞋。

　　鲁米娜一个激灵,睁眼再看键盘,"转正"两个字已经消失了。她摸摸脸,有些发烫,再打量一下自己,竟然衣衫不整了。可屋子里却连个人影也没有。鲁米娜又敲击了几下键盘,打出了三个字:涨工资。盯着这三个字,鲁米娜就觉得这三个字幻化成了三只快乐的小鸟。小鸟飞翔着,鸣唱着,牵引着她来到了会计室,出纳正笑吟吟地等着她。出纳说:"鲁姐来支工资吧,你这个月连转正带定级,再加上补发的奖励,一共是一万八千八百八十八块。"鲁米娜颤抖着手在工资表上签完字,便伸手要钱。出纳拿出了一张银行卡,鲁姐,这是你的工资卡,正式工用卡,临时工钱少才领现金。

我是正式工了!鲁米娜哼着小曲儿拿着工资卡回到了家里。晚上她破例主动和丈夫说笑。这在近年来是没有的举动。骑三轮跑出租的丈夫吃惊地问:"今天怎么了,有喜事?"鲁米娜就吻了一下丈夫汗腻腻的胸脯说:"我涨工资了,连发带补的,一万多呢,你说怎么花?"丈夫就说:"先给你和孩子看病吧。你看你总是咳嗽不停,可能是呼吸打字室的毒气多了,肺不好。儿子一生下来就有点聋,得抓紧治啊,恐怕这些钱都不够呢!"

鲁米娜听了这话,就觉得嗓子眼儿里有点痒,痒得难受,就连续咳了几下。醒过神来,眼前看到的依然是键盘和显示器屏幕。屏幕上已经出现了保护程序,可她还沉浸在丈夫汗腻腻的胸脯上,还想着丈夫的话。钱不够钱不够,那怎么办?那就得当领导啊,当领导挣的钱多!这样想着,鲁米娜灵巧的手就又游动了,在键盘上敲击了几下,保护程序消失了,领导出现在屏幕上,而且还是个女领导。怎么这么像自己啊?本来就是你嘛!成了领导的鲁米娜就从屏幕上走下来,走进了领导办公室。秘书、司机和副手们都在等着请示工作。秘书把一周的日程安排拿给她看。她扫了一眼,把手一挥说:"重新安排。当前工作的重中之重是立即调整各部门领导班子,清查经费、基建情况!"说完,啪的一声,将公文包摔在了宽大的办公桌上。

接下来的事情就顺利多了。一听说调整班子,鲁米娜家门口的车就多起来。鲁米娜整天在外迎来送往,跑出租的丈夫就成了贤内助……

不久,鲁米娜搬出了那个杂乱的居民区,搬进了跨世纪花园别墅,丈夫买了辆宝马做起了钢材生意,儿子被送到了北京接受治疗……

就在儿子出院、重新耳聪目明的那天,检察院的两辆黑色轿车开到了单位,停在了刚接儿子回来的鲁米娜的车前。鲁米娜眼前一黑,头脑一炸,立即瘫软了身子。过了好长时间,才醒过来。她睁开痴呆呆的双眼,黑色轿车没有了,眼前只有一个黑漆漆的电脑屏幕。她咳嗽着移动鼠标,这才发现自己按错了键,鬼使神差地输入了两个足可以导致黑屏的汉字:牢狱。

关 仪

杨小凡

　　药都上千家经营中药材的商号,数伏波堂实力最强。伏波堂的大掌柜姓苏,是洞庭湖岸君山人氏。生意如何发达起来大多商号也不太明白,只知道伏波堂已在药都经营百年有余了。只是药都的几大特产白芍、贡菊、白桑皮等向外埠发,并不在药都市面出售　味药材。这就给人一种神秘的色彩。尤其是苏大掌柜,更让人另眼相看。他言语特金贵,几乎没有人见他说过话。即使开口了,也是轻言慢语,与他那颀长的身材绝不相符。

　　苏掌柜有一个最大的喜好,就是爱喝茶,而且单喝家乡的君山贡茶。君山其实是座小岛,在洞庭湖中,与岳阳楼遥遥相对。岛上大小七十二座山峰起伏叠翠,沟壑回环,一墓一印二楼三阁四台五井三十六亭四十八庙整整一百个古迹被竹木掩映,远远望去,整座君山就是一幅风光秀美的图画,别具一格地浮立于烟波浩渺的水中。道教称之为"十二福地"。君山最有名的是出产一种名茶,曰"君山贡尖"。此茶嫩绿似莲心,见水若银针。这种贡尖每年只产十八斤,自乾隆以来专供朝廷。现在不同了,废了朝廷,大药商苏掌柜就能喝上了。人常说没有好茶师就没有好茶,说的就是茶道。苏掌柜就有一个茶师,姓关名仪,身高七尺,白面女相,儒雅倜傥。苏掌柜在家就专门泡茶,苏掌柜外出——当然苏掌柜是很少外出的,但他外出时关仪就会身佩单剑,手拎一红木方盒,紧随其后。剑是佩饰,佩上剑人显得更为英气。红木方盒中则是一套茶具。苏掌柜出门从不喝别人家的茶,他一生只喝君山贡茶。

　　药都是个大商都,什么生意都有的做,什么人都有,什么传言也都有。不知从什么时候,关于伏波堂的苏掌柜和他的茶师关仪就越传越玄,有人说苏掌柜是名门望族,长兄在大总统府里做官,药材都走到海外了。更让人感兴趣的是,茶师关仪是当今武林高手,说茶师其实是苏掌柜的保镖,有人说见他在月夜舞过剑,那绝对是天下第一剑。

这一传言,被刚换防而来的日军小队长鸠山次郎知道了。他酷爱中国剑术,而且也曾苦练过。于是,他决定要与关仪比试。可这一切,苏掌柜的茶师关仪却一点儿也不知道。

这一日,苏掌柜刚用完早点,茶师关仪正要泡茶,门房疾步来报,大门外有一剑客要见关仪。苏掌柜怔了片刻,低声道:"让他进来!"剑客步履沉稳地来到堂前。苏掌柜抬眼一扫,细声说:"先生找关仪何事?"剑客抱拳一晃:"在下人称'北海道第一剑',到中国来还没有对手,听说关仪剑法超人,意决一输赢!"苏掌柜又看了一眼这个日本剑客,说声:"要是不比呢?"鸠山次郎一脸轻慢:"那我就动兵杀了你们!"苏掌柜朗朗地笑了:"那好吧,关仪你就和他比划比划!""掌柜的,我……"关仪面带难色刚要说什么,苏掌柜道:"就这样了。先给我泡一杯茶来。对,也给这位东洋人泡一杯。"

关仪一听泡茶,立马变成了另一个人。来茶台前一站,一个清朗、庄严、绝俗、无念的人洋溢了出来。君山贡尖是讲究品与观同步的,因而用的是晶莹剔透的玻璃茶具。泡君山贡尖要有九道程序,每一道都有一个美妙的称谓。关仪静气寂神,一一做来——银针初探,湘妃流泪,龙泉吐珠,针落无声,壶旁听涛,风平浪静……整整一个时辰,茶才泡好。茶放在苏掌柜和剑客面前,只见:茶叶如针齐聚水面,芽尖朝上,芽柄下垂,随后缓缓降落,竖立于杯底或悬浮于水中,少许芽头忽升忽降,上下交错,蔚然趣观,慢慢沉聚于杯底,芽尖向上,似群笋出土,如刀枪林立,芽光水色浑然一体。端起杯子,经泡过的芽头随水动而散展嫩叶,芽头与嫩叶交角处夹一晶莹透明气泡,似雀嘴含珠,香气清郁而上。

苏掌柜呷了一口茶,微笑着说:"关仪,这个东洋人品了你的茶,该你出手了!"关仪并没有从刚才的泡茶中醒来,听苏掌柜一说,便摘下茶台后的剑,风一样飘到堂外。见鸠山次郎已手握剑柄,便双手相抱,说声:"让你久等了。"接着,脱下马褂,小心折叠好,再把金表摘下放好,再一颗颗地解下长衫的扣子,脱下长衫,竖两折,横五折,叠得方方正正,放在与马褂并列处,然后,弯腰拂了拂裤口,拂了拂有些皱褶的马裤,再次抱拳相请。之后,从案上提起剑,慢慢地慢慢地抽出,专注地端详了一下剑锋,静目以待。突然,鸠山次郎转身向外疾去。关仪却木在了那里。

不知过了多长时间,苏掌柜笑盈盈地走了过来:"我料你能战胜他的!"

关仪这才醒过神来说:"掌柜的,我……我可是不会剑哪!我刚才觉得只是又泡了一道茶。"

"茶剑同道嘛,你胜他靠的不是剑法呀!"

自此,关仪就成了人们传说中的剑侠,但却从药都城消失了。

吴状元

❧ 杨小凡 ❧

药都这地界儿,自打出了老子、陈抟、建安三曹后,绵延两千年,再没出过一位像样的人物。

这地气似乎真的给拔尽了。

康熙初年,终于又出了一位人杰——城东门老吴家的大公子吴明。五岁便能以"眉先生,胡后生,先生不及后生长"对"眼珠子,鼻孔子,朱子本在孔子上"之句。二十岁及皖、苏、浙三省乡试解元第。

康熙二十五年开科大选,天下举子纷纷进京,但吴明却不愿应考。只急得他老父亲摇头顿足。正在这时,药都三老来访。

这个说:"咱药都帝王将相都出过,唯独没出过状元。"

那个说:"因着没状元,黉学里初一十五会文,连中门都不能开,读书人脸上无光啊。"

"说啥,吴解元也得给咱家乡争口气。"其中一个拱手便拜。

吴明一脸感动地说:"三老放心,我吴明去争这口气。"

第二天,他打发书童买了个红纱灯笼,贴上黄纸金字,上书"状元及第",下题"药都吴明"。第三天,即飞马进京。

到了北京城国子监门口,吴明迎面碰上一举子,同样的手执红纱灯笼,同样地上书"状元及第",只是署名不同,是"长州金圣叹"。

吴明和金圣叹相持一个时辰,同时下马,同时举手相拜,同时口出一言:"天下竟有如我者!"

这就叫不是冤家不聚首。

推杯换盏之后,金圣叹提出能否私设科场,相互领教,输者吹蜡走人。

太阳一竿高,吴明起床,知金圣叹不见了。只留下一字条:小弟不才,下

科再考。

吴明断定金圣叹已离京回了长州，立即飞马出京相追。

追至傍晚，终于见了金圣叹。

"贤弟何须如此？"

"君子绝不食言。"金圣叹倒头便拜。

吴明哈哈大笑："我这番来京，本逢场作戏耳，今科大选理当成全贤弟，况我无意功名。"

会试殿试后，龙虎榜一出，金圣叹果被康熙皇上御点为状元。而吴明因让了状元也无心回乡，整日间与广济寺和尚下棋诵经，好一个人间神仙儿。

转眼间康熙六十大寿到了，众翰林公推金圣叹题金匾祝贺。金圣叹略一沉思，题回文诗一首。这诗不愧为金圣叹手笔，横能念，竖能读，倒过来也丝丝入理，全是颂赞皇上寿比南山、功德无量的敬语。但每行让过字头，斜着一念，便令人胆寒："世上若无金圣叹，康熙皇上要完蛋。"只是众进士不明玄机罢了。

金圣叹忽念起吴明相让之情，便提议落上吴明的大名。众人无异议，他便提笔添上一行小字："今科三百六进士，外加药都一吴明。"

一天早上，京城突然大乱。吴明起床走出广济寺山门，就被一老和尚拉回。

"翰林送给皇上的寿匾出事了，皇上发下圣旨，要把送匾人全部斩首。听说匾上有你的大名，赶快逃吧。"

吴明只好剃了发，穿上袈裟，离京城而去。

虽然吴明没争回状元，虽然史书上没有记载，药都人却依然世代称他为吴状元。

采诗官

陈　毓

我向往那些村庄，就像蜜蜂渴望春天的到来一样。

当浩荡的南风让宫门上的珠帘发出一阵阵悦耳的丁零声，又到我出宫的时候了。身为采诗官，一年一度的采诗是我心中深藏的节日。

此刻，在宫墙外，在漫漶着草木香气和日月菁华的广袤原野上，花儿已经开放，勤快的蜜蜂先我而来。动物们从漫漫长冬里醒来，在原野上纵情恋爱。青蛙的叫声有点笨拙，公雉求爱的声音神秘、缥缈，叫人难以捉摸又想入非非。

遇见那个名姜的女子时，我刚刚告别了一个中年樵夫，他把芬芳的檀木晾在河边，坐在那里歇息，嘴里唱着一首抒情的歌，他的歌声凄清优美，打动了我的心：

叮叮咚咚把檀树砍，

砍下以后放河岸，

河水轻轻起波澜。

栽秧割稻你不管，

凭什么千捆万捆往家搬？

我刚脱掉我的麻鞋，打算过一条里面游动着很多鱼秧子的小溪，这时一块小石子儿砸在了我的屁股上，不等我回过头来，就听见了嘻嘻的笑声。那个头发上插着紫色木槿花的姑娘就这样站在了我跟前，她绿衣黄裳，像一枝美丽的木棉花。看见我不是她要等待的人，她撅着嘴巴感叹说：

山上有扶桑，水里有荷花。

没有找着美男，却遇上你这个傻瓜。

我当然不是傻瓜，我是周王派出来的采诗官。我告诉了她，她又开始那样瞅着我嘻嘻地笑，用手指缠绞着发梢。我坐下歇息，陪着她等她的心上人，掏出我的白色葛布把她刚才念的那首诗写上去。她看着我写完，又让我念一遍给她听，见我没有违背她的意思，就指着半坡上的一棵樟树，叫我黄昏时在那棵树下等她，说她晚上可以带我去村里参加斗鸡节。"如果你愿意写字，今晚你的白色葛布真不够用！"她说话总是合辙合韵的，像是唱歌一般。

告别了姜，我穿行在掩映到胸际，被溪流分开的芳草甸子里，听见草地深处有隐约的男子的歌声：

东门外的山野，栗树掩着宁静的家舍。

那屋子虽就在眼前，那人儿却似很远很远。

忧伤的曲调叩击着我的心，我驻足在一丛荇菜边，掏出了我的白色葛布。

写完那首诗已过中午，我找了块开阔的地方坐下来，吃我的午饭，我的午饭是两块荇菜饼。手上荇菜饼的香气和脚边那一丛荇菜的碧绿，叫我联想到去年我在南边采诗时，听到的那首歌，如今我已经会唱了：

关关雎鸠，在河之洲。

窈窕淑女，君子好逑。

参差荇菜，左右流之，

窈窕淑女，寤寐求之。

求之不得，寤寐思服，

悠哉悠哉，辗转反侧。

我对着芳草甸子唱，在我的歌声中，那个没在深草丛中的男子停止了歌唱，我猜他在侧耳倾听，就唱得格外动情。我不知道时间是否医好了去年我遇见的那个忧郁男子的心痛病。村庄留下他们的心，我把他们的歌带走。

傍晚时分，在晚霞的剪影里我找到了早上和我相约的姜。她果然在等我。

斗鸡节是一个基本由年轻人参加的狂欢节，狂欢节是由一群腿上绑着细麻绳的野雉的打斗开场的，这些野雉早上才落入猎人的罗网，这会儿野性十足，凶猛异常。斗鸡节有庆祝吉祥的味道。

斗鸡节也是给男女恋爱提供场所，男女对歌、舞蹈、唱诗，十分热闹。我此时才明白为什么姜早上会对我说，她担心我的白色葛布不够用。

落叶啊落叶，秋风将你吹落。

阿哥呀阿弟,你唱我来和——

舞鸡过后,男女对歌开始了。

啊呀好健壮哦,身材好高大哦。

面额高且广哦,眼睛闪神光哦。

步伐好矫健哦,射技可真棒哦——

这是女子赞美她心爱的男子的。

她的手指像柔嫩的白茅,

皮肤像光润的脂膏。

脖子像木虫儿白嫩细长,

牙齿像葫芦籽雪白成行。

轻巧的微笑露出酒窝,

美丽的眼睛像闪光秋波——

这是男子赞美他心爱的女子的。

从春到夏,我脚步不停地行走在民间的阡陌上,如同蜜蜂飞行在花丛中一样。在打谷场上,在泉边,总有新的感动走进我的眼睛,停泊在我的心里。看得出来,村民们是喜欢我的,我到达一个村庄往往会给村子带来一个新的节日,他们有时会备了酒,用过年时留下的半只风干的野羊腿欢迎我。我甚至和许多个村庄的女子有了类似于爱情的感情,我对她们恋恋不舍,一如她们对我的缱绻温柔。可惜离别是必然的。

当第一片红叶出现在山头时,我将告别村子踏上返回王宫的大道。这一天,在村口,我又遇见了我第一天到来时遇见的那个姜,她出嫁了,她要嫁到东门外的人家。

我站在大路上,望着那渐行渐远的姑娘,放声高歌:

走出那东门,姑娘像彩云。

虽然像彩云,不能乱我神——

一年一度的采诗结束了,我将回到王城,在一炬豆火下层层打开我心爱的白色葛布,整理那些散发着泥土和草叶气息的诗和歌,把它们一一铭刻在竹简上,刻下春天原野上花开的声音,夏天苇草里活泼的流萤,以及秋天果实坠地时的声响……

那些美好的气味和声音将伴我度过漫漫长冬,让我由此忽略那些穿堂而过的寂寞的冷风。

褒 姒

陈 毓

一个人太美了会是一宗罪，会被视为不祥。你相信吗？褒姒相信。

褒姒出生的时候她的父亲以为是个男孩，急切地去孩子的两腿间检视，旋即失望了。他哼了一声，又哈了一声，顺手把她丢回到兽皮褥子上。他离开时一角甲胄硌疼了她的腿，她本想哭一两声抗议与撒娇的，但立即打消了念头似的噤了声。她睁大眼睛，仿佛想要看清墙上的松石纹和一只羚羊的图案。但是她的父亲，那个英武威仪的族长，走了，又回来了。他俯身向她，仔细打量她的脸，然后说出那句著名的话："这孩子是个妖精，她美得邪气，这不吉利。"这句话注定了她在这个家族的命运。他离开时鬼使神差地又回了下头，这一回头，他只觉眼前一阵金花四溅，他从瞬间的晕眩里醒悟过来，意识到这异样来自她的笑，她对他的笑。他踉跄着出门，像呼吸一样念叨着一个词：妖精。

这一别，他们再也没有见过。后来等她长大，他却战死了。陪他死去的还有家族的许多其他男人。活着的人像遍地燃起的滚滚烟火，这里一堆，那里一堆。后来他们被串在一根绳子上，成了俘虏。褒姒也是其中的一个。她串在黑漆漆的他们之中，却像暗夜里升起的月亮一样光明。那个王发现了她。他喜欢她的美。喜欢是什么呢？喜欢就像把水从河里取回，装进罐子，放在火焰上，然后听水发出吱吱的喊声吧。褒姒这样联想。但她不喜欢那吱吱喊声，觉得那跟圈养的彘被杀死前发出的声音相似。现在，她穿着华贵的环佩叮当的衣裳，她习惯裸着的双脚包在软底的白皮靴子里，她的衣服和鞋子阻挡她到旷野里去。她不再看得见星星，她睡在鲜花环绕的高榻上，在整夜不熄的灯烛的光明中，去亲近那个给她温暖的男人。

但是这个美丽的女人似乎并不开心，王发现了这点。"你为什么不笑呢？你为什么从来不肯对我笑呢？你有什么不称心的？王有这么多的女人，但王夜夜只跟你在一起，王给你锦衣玉食，给你最好的屋子最好的床榻，给你王的身体，你还要什么？只要王有的，王都给你！"他看着她那张他怎么看也看不够的脸，决然地说。

她看着他，有点茫然地看着他，摇头。她的眼睛像是两汪无限诱惑的深井，让他有跳进去的冲动。他当然要昂然地跳进去。

偶然的，他带她去看烽火台。春天的烽火台，野花和春草四处伸展，大地像一块锦绣的毯子。天那么蓝那么高。王看着山下坚固的宫殿绵延的城池，得意洋洋。他向他的妃、他的臣民演讲他的雄心他的壮志。她像每一次那样安静倾听，不打断，不呼应。但他住了嘴，他痴痴地看她，他看见他期盼了那么久，以为已经无望、却终于见到的绚烂出现在褒姒脸上。这让她的脸生动如一块稀世的宝石，光华灿烂，夺人心魄。他惊喜地顺着她的目光，探寻唤醒欢颜的巨大力量，他看见她的所见：一匹白马正从地心驰过，向着无限草色，向着天尽头，飘然而去。白马四蹄尘花，万草为之摇曳。

现在，朝中的所有大臣都知晓王的心思，那就是想要爱妃的脸上重现宝石开花一般的笑容。虢石父来了，他给伟大的王出了个了不得的主意，要在骊山上把烽火点起来。想想看，烽火点燃了，众诸侯仗剑荷戟，急急从八方赶来，那气势岂是那匹奔跑的白马能够比及的？郑伯友也站出来了，他劝谏周幽王，燃烽火博美人笑的实验万万做不得，想那烽火台是为了战时救急用的。这样嬉闹的结果肯定会失信于诸侯，为往后埋下隐患。王看着两个大臣你一言我一语，如看着两只公鸡斗。他常常看见这两只公鸡斗，早就有点腻了。他先是笑着听他们争，再板着脸听，却听出了心思：当年跟诸侯相约有战事以烽火为号的约定还没有机会一试呢，他倒要看看他在这些诸侯心中的位置，试一试他们的忠诚度。谁说此举不高明呢？

烽火点燃了。狼烟滚滚。风把消息带到远方。王率领臣子妃子在高台上观望。王感受到为王的威仪。王看见他分封的诸侯战马长枪、银甲鲜亮地到来，仿佛是他隐秘的虎威从天而降，拱地而来。王豪壮地大笑，呼应王的笑的，是褒姒脸上噼啪的花开声。王大为满意。王太满意了。

王要将这军事演练进行下去。

这样的军事演练进行到第 M 次的时候，王没有看见他的后备军从八方潮般涌来，但是这一次，敌人来了。敌人如洪水，势不可当。逃跑时王依然没有忘记他的妃，他要带她飞到没有敌人的地方去，但他们没有翅膀。王被

流矢所中,他以手捂胸,感到疼痛的来处。他挣扎着找他的妃,她脸上如宝石开花的绚烂笑容晃花了他的眼,让他片刻忘记了他的疼痛。

汉 广

陈 毓

　　浩荡的汉江载着一江粼粼的波光,在熊渠的注视里向着东南方逶迤而去。那里春花烂漫,荞麦青青,那里有他的锦绣国度,那里是他的来处。江无桥,无堤,江水摇摆着,飘摇不定却又坚定无比。芦蒿满地芦芽短,记忆里熟悉的景象和气息使他怦然心动又意绪怅然。

　　筚路蓝缕,以启山林。奋斗到今天,他已是众诸侯仰首的一个,一个霸业初成者。但是,总有什么,在他明净开阔的额上,留下梦痕般的往日追忆,引他再次归来,寻寻觅觅。谁说胸有霸业者总是果敢向前,了断无牵系,如这滔滔江水,向前,向前,一去不回?

　　生在以强凌弱、只有靠征战生存与获取的年代,他,熊渠,也是否只能跟他的时代同步,狠,猛,紧盯目标,勇往直前。但是,他为何总是在任何一件事情上都留下自己秉持的主张,祈愿打上自己完美与高贵的痕迹?

　　"你的佩刀上有凤,也只有你的刀上有凤。你是谁?"

　　"为何来此,为何被人追杀?"此刻,这个神秘出现如天降的女子追问他。

　　"我是谁? 你也看到了,一个被追杀者。"熊渠沉吟片刻,朗然回答,"来此只是路过,至于被追杀的原因,那也正是我想要知道和正在探寻的。"

　　"凤者,生丹穴,非梧不栖,非竹实不食,非醴泉不饮,身备五色,鸣中五音,有道则见,飞则群鸟随之。"面前这个妙丽的女子真让熊渠惊奇,身临百步之外的追杀,她却能镇定琢磨他佩剑上的纹饰。"身随如此佩剑的人,岂是等闲之人?"她调皮地诘问他。

　　但她的语气分明不是因为他隐藏了什么而心生质疑,却像是想要启发他思索的意思。她似乎真的给了他启发,她那暗藏着玄机和神秘力量的如梦如幻的声音在那一刻,仿佛一把奇妙的钥匙开启了他心中一道神秘的大门,使他豁然开朗,心里澄明一片。在这一刻,仿佛他多年的辗转和寻找有了隐约的答案,有了目的和方向。

倘若答案容易获得,他的命运又会是怎样一番景象?在他的少年记忆里,他似乎就在路上,在路上生长,在奔走中寻觅,并积蓄力量。但是从来没有像现在这一刻,他深切感受到隐匿的敌人的焦虑与凶蛮,但也没有任何一刻能像现在,在前有大河拦道后有追杀逼近的当下,在这个神秘如命运的女子面前,他那么清明自信:当你看见敌人的凶恶的时候,说明敌人意识到了你的强大,他在那一刻顿悟:"你不是一般人,你是肩负使命者。"此刻,他从嶙峋石罅里芦蒿生长的姿势看出什么叫不肯屈服,什么叫所向无敌。

"那么,美好的仙女一样的姑娘,现在请你告诉我,你是谁?你从哪里来?为什么在我生死攸关最需要帮助的时候,你会忽然出现?"

"我从山林来,还归山林去。我从江上来,还从江上去。"她唱歌一般地回答他。她的语气使他确信,他不可能再从她那美好吉祥如花朵般的嘴唇里再得到更多一点更清楚些的答案了。

他眺望烟岚初散的山林,那里生长着高大的乔木。他回望眼前的汉江,江水浩荡,使她的那叶小舟如一枚树叶一样飘摇。

"敢上来吗?我可只是为渡你而来。"她回眸笑望他,他再次被她那无以言表,难以捕捉的美妙打动内心。她的美,有无法抗拒的引力。他跨上轻舟,相信哪怕是真的踩在一枚树叶上,他也会昂然向前。

船向另一片深袤的芦苇丛驶去。

这之后,命运似乎真的拐上了正途,他回到了楚郡,他的身份也豁然明朗,他是新一代的楚君,他大刀阔斧的改革也得以顺利实施。立足江汉、争霸中原的发展战略,使楚国迅速确立了强国地位,近交远攻、先礼后兵的军事方针又使楚国"甚得江汉间民和","蛮夷皆率服"。楚国内外出现一片太平和谐的景象。

但是,总有一个声音轻唤他,在他的繁华夜梦里,引他警然四顾。他终于意识到那纠缠他于每一个辉煌时分的心结到底是什么了。他要归去,他要回到和她相遇的地方。他要去找她。尽管归来所见,仍是心中那一片永恒的江水,江水荡荡有声,是鉴明着他的心迹么?岸边高大的树冠如云的乔木,为何就不能给树下的他片刻的凉阴?江水滔滔来去,却带不来一叶轻舟顺流而来。楚王熊渠从深沉的怀想里回过神,轻言做歌,歌曰:"南有乔木,不可休思;汉有游女,不可求思。汉之广矣,不可泳思;江之永矣,不可方思。"

王的跟从立即把王的歌誉写在随身携带的葛布上。

"我从山林来,还归山林去。我从江上来,还从江上去。"他仿佛又听到她那天籁一般的声音。

"若我能做一个以山林为家的樵夫,那又如何?"熊渠在自己的设想里无声地笑了。

他毕竟不能选择做一个樵夫。他没有放浪自己的自由。但他可以想象,他也唯有想象。

"翘翘错薪,言刈其楚;之子于归,言秣其马。"想象如清凉剂使他的心灵安详妥帖。即便在此刻,只有这一条波涛清碧的汉江横亘在现实里,从天上来,向天边去。

公主的肖像

谢志强

米吉提穿越沙漠,抵达都城的那天,听说国王正在选驸马。不过,他沿街看见许多年轻的疯子,他们着装端庄,而且相貌堂堂。他在疯子们出色的外貌中看到了自己平庸的形象。确实,他相形见绌啊。

米吉提打听出,那些疯子身份高贵,有官员,有富商,有武士,有诗人,他们同样患了相思病,一个个走入了单相思的迷途,神魂颠倒,不能自拔。甚至,还有殉情者。米吉提没欣赏过公主的芳容,但是,他凭这些疯子的表情和举动,能感觉到公主一定是位美艳绝伦、倾国倾城的佳人。

都城笼罩着浓郁的相思的气氛。米吉提在街头的一个拉面馆坐下,喝了一碗浓茶,着迷地看见一团面在师傅一双手里由粗变细,像一挂帘子,他时不时地咽着唾沫。他身边,一个画夹,一件光板羊皮大衣,他知道自己已身无分文。

可是,他的想象,如同雪水淌入了干枯的胡杨林,胡杨林发出了嫩枝绿芽——那位王宫里的公主在他脑子里渐渐浮现出来。他仅仅是看见听见沿街的疯子和传说,想象着公主的芳容,不过,他来了灵感。他忘记了腹中空空,好似看见了沙漠里的清泉。

米吉提突然站起,奔向街对面的一棵茂盛的沙枣树。他听见背后有人说:"又一个疯子。"

浓郁的沙枣花香弥散过来。他走到树阴里,打开了画夹。想象中的公主,首先是线条,继而是色彩,渐渐地在画板上呈现出来。

不知过了多久,几只蜜蜂嗡嗡地在画板上飞舞——仿佛那是一朵绽放的花儿。米吉提听见背后的话音:"这就是公主。"

两个疯子扑过来。米吉提连忙去护着画。他收起画板,疯子跟着他跑。

疯子喊："公主，公主！"

米吉提好不容易摆脱了疯子，他听说国王喜欢画师。休息一阵子，再做打算。何况，他相信自己的画，能打开生路。他糊了个纸袋，把那张画装进去。

米吉提振作精神，宣称向国王献礼。宫中侍卫的眼里流露出轻蔑——他的衣衫实在寒碜。米吉提向国王恭敬地行了跪礼，接着，又是一番赞颂。

国王问左右，说："这份礼是否重复？"

一位官员说："陛下，这是独一无二的礼物。"

国王有了兴致，便去看，说："年轻人，你可曾见过公主？"

米吉提说："陛下，不曾见过，我只是凭空想象。"

国王说："你知道吗？公主跟你画出来的一模一样。"

米吉提说："陛下，我很荣幸。"

国王说："年轻人，你知道向公主求婚的人有多少吗？"

米吉提说："陛下，我是个穷画家，不敢奢望。"

国王说："都城所有的有身份的年轻人都来送过礼，都很贵重，可是，那些礼物，后宫里已有了。"

米吉提说："陛下，我不敢妄言我的画作有多么贵重，我仅仅是画出了我想象中的公主。"

国王皱了皱眉头，说："你的礼物，符合我公布的标准，就是唯一的，我还没见过如此神似公主的肖像，那就按我所承诺过的办理吧。"

米吉提说："陛下，我不敢奢望，我只是着迷画画，不想连累别人。"

国王说："我尊重你的意愿。你请暂且留下，等你想定了再说。"

米吉提仍没见到深闺里的公主，除非他应承这桩婚姻。过了数个饭食不愁的日子，他浪迹天涯的念头又萌生了。他是个不愿受束缚的画家，不过，他没能目睹公主的芳容，他的想象倒活跃丰富起来，一幅一幅神态各异的公主画像悄悄地流传出宫。他听说，购得公主画像的人家，相思病明显好转，还有的人将公主画像供奉起来，随时瞻仰。可是，都城的居民已将情感投入画像中的公主。据传，深闺里的公主芳容一日一日枯衰，终于一病不起，致使国王担心画像影响了公主。

一天，米吉提溜出了王宫，不知去向。有人说，看见他骑着骆驼进了沙漠，他背着惹眼的画板。王宫里一位侍者（跟着米吉提学画画）说："真弄不懂这个画家,有福不享。"据说,米吉提在王宫留下的最后一句话是:"要是见到了公主,我的想象就终止了。"

镜　子

谢志强

英俊的王子继位第一天，就宣布三日后出兵征讨叛军。可是，一连三天，他做了同样的梦。梦里他遇见一个月光般的女人，有哈密瓜一般圆润的胸部，有牛奶一般白皙的脸庞。梦中的女人似乎在呼唤，却听不到声音。于是，年轻的国王想到了婚娶，他决定寻觅这个女人。

三天后，国王率兵出征。刀光剑影里，他暂时遗忘了他的念想。他望见将士如同高粱秆那样纷纷倒在他前边，知道遭遇了他的对手。他策马冲过去。不出两个回合，他就挑掉了对手的沾满血花的刀。

对手落马倒地，还笑着说："红花绽放了。"

国王一手摁着对手，一手举刀抵着铠甲的胸口，欲刺入。

对手说："暂缓动手。"

国王说："你祈求真主的宽恕吧。"

对手说："你不想知道我是谁吗？"

国王说："你终归一死。"

对手摘掉头盔，露出一头瀑布般乌亮的长发，一张牛奶般白腻的脸容。

国王立即想到了梦中的女人，好像她是梦中走出，立在了他面前。

接着，姑娘脱去了铠甲。阳光下，那罩衫隐约地裹着花苞似的乳房。

国王的刀脱手坠地。他亲吻了那樱桃般的嘴唇。他说："一个女子怎么那样凶残？"

她说："我父亲已战死，自小，我习得父亲的武艺。"

国王说："我还以为我的对手是你父亲呢。"

过后的三天，国王宣布了特赦令，并疏散了叛乱的士兵。而且，宣告准备举行婚礼。他陪着姑娘漫步在那片绿洲里，偶尔，双双闯入沙漠狩猎。她骑马如一阵狂风,操起刀,就像换了个人一样,还有,她面对战场流血的尸体,又喊又笑的形象,时不时浮现在他的眼前——她喊:"红花绽放了。"她缺乏他梦中的温柔,却有他梦中的美丽,他还是忍不住爱上了她。

婚后,寝宫里,国王撤掉了所有的武器,甚至金属的器皿。他担心那可能唤醒她厮杀的欲望。他俩确实过了一段平静的生活,只是,那个梦见过的女子又不断闯入他的梦了,还呼唤他,却无声。

一天,国王吻别了王后,说要去各地巡视。

王后说:"你去寻找一个人吧?"

国王说:"你怎么知道?"

王后说:"夜里,你在喊。"

国王说:"你不也喊了吗? 红花绽放了。"

王后说:"那不一样,你已经厌倦我了?"

国王说:"你在王宫等候着我吧。"

国王微服出了都城,仅带了一个忠实的侍卫。他不知要去何处。到了一片绿洲——小镇或村庄,他就向当地居民打听:有没有见过一个人。他详细地描述他梦中女人的形象。得到的回答都使他失望,可是,他不愿放弃那无边的寻找。

这一天,国王来到一个热闹的小镇。恰逢小镇的巴扎。他照样沿街打听,说着不知重复多少遍的话,他察觉,这个小镇很奇怪,人们根本不愿回答他的提问,仿佛在回避他。

国王暗忖,一个不愿回答提问的地方,说不定藏匿着他苦苦寻觅的答案。他择了客栈住下来。他认定找到了梦中女子生活的地方。他期望在来来往往的人流中看见她。他相信自己一眼就能认出她,只要她出现。

晚间,月亮升起,却躲在树影后边。月光洒满了冷清的街道。国王听见一阵一阵哭声,似隐似现。他独自循着哭声前去,甚至,他想象着发出哭声女子的形象。他已将渐渐明朗的哭声和他梦中所见的女子组合起来。他想起梦中女子的呼唤,呼唤背后是痛苦的境况———一定碰上了什么灾祸。

突然,国王看见两个黑影,不等他反应过来,他已倒地。他如同狂风中的树。他的眼睛一疼,爆炸那样溅出液体。他挥动着双手,一片空,他什么也看不见。他摸到了挂在脸上的眼珠。

国王握着眼珠,起初,他沿着墙,慢慢挪步。随后,他闻到寒凉的夜风中携带着的沙漠的气息。他迎着风,不知过了多久,他能感觉阳光的温暖,他想象一轮太阳升起来，那是沙漠尽头的地平线。而且，他的脚能判断出已踏入了沙漠。

于是，国王又听见风送来的哭泣声。他已经熟悉了那个声音，他还辨析出哭泣中夹杂着另一种声音：流水声，不，是泉水，沙漠里的清泉。不过，他的想象中，那是女子的泪，女子的泪。

哭泣声渐渐弱了，而泉水声明朗起来。他的手终于接触了那个声音——温热的泉流，带着硫黄气味。他捧起泉水，喝足了，又把整个脸浸入泉水里，他想象泉水渐渐洇开了红。

他吓了一跳，因为，他旁边响起女人的喊声："红花绽放了。"

王后?！他想。他抬起脸，用手抹着一脸的水珠。眼前，朦胧的红。他揉揉眼，那红逐渐清晰，最后，红里浮出一个女人——他的双眼复明了。

眼前站着一个女子，俨然是他梦中的女子。似乎是王后的翻版。梦的镜子照出了现实，他想。他第一印象就知道她并不是王后。她的眼睛有点红肿，一定是失却了什么人。

女人的旁边，是青青的草地，鲜花盛开，都是红色，他刚才听见她的一声喊，似乎是鲜花突然都绽放了——她，惊奇地喊出了那句话。不是王后，却喊出同样的话，连声调也那么相似。

她望着他，那眼神没有陌生。她说："这是明目泉。"

国王说："可是，你怎么用哭来呼唤我?"

她说："我爸爸死了，昨天太阳落下去的时候，我再没有亲人了。"

国王看到她在微微颤抖，说："你别怕，我不会伤害你。"

她说："我，我害怕……"

国王："怕什么?"

她说："血。"

国王："这里没有血。"

她说："你的脸，脸上有血，我害怕血。"

国王蹲到泉边，女人撩起泉水，清洗他眼睛附边的血迹。他的脸感到柳条拂过水面的轻柔。

国王说："我们一起走吧。"

他们双双回到了王宫。王后一脸的惊愕。两个女人对视了片刻，那一刹那，仿佛对方是一面镜子。

国王想起了两个女子都喊过的话：红花绽放了。他还想起最初的梦里的底色,遍野红花,那花有点血色,这个省略了的背景,现在他忽然想起来了。

翌日,国王打算与两个女人共进早餐。可是,只来了那个明目泉边邂逅的女子,好像她是王后的影子,他在她身上看出了王后缺乏的温柔。

侍从送来一张便笺。王后的笔迹。王后坦白了她差遣杀手剜去了他的双眼。她毫不隐瞒她的忌妒。她想阻止他的寻找。现在,她表明她该消失了,她用消失来自惩——她本该死在他的刀下。

国王焚了便笺,看着明目泉边那女子,突然,他操刀击碎了堂间的一面镜子。

同　学

邓洪卫

　　许攸跟曹操是老同学。两人打小儿趴在一张课桌上念书,有什么好吃的分着吃,有什么好玩的一起玩,关系很铁。许攸喜欢叫曹操"阿瞒","阿瞒"是曹操的小名。两人还经常在一起谈论志向。许攸说,我想做一名太守,治理好一个州郡。曹操说,我想做一名宰相,治理一个国家。曹操便戏称许攸为太守,曹操还让许攸叫他宰相。但许攸还是叫他阿瞒。曹操说,你怎么不叫我宰相呢? 许攸很为难地说,我叫你阿瞒已经叫顺嘴了,一时改不了口。曹操笑笑说,那你还叫我阿瞒吧。

　　多年以后,曹操果然做了宰相。许攸呢? 在曹操手下做一个谋士。跟小时候一样,许攸还是称曹操为阿瞒。不光私下里这么叫,在许多公共场合下也这么叫。有一次,曹操为一件棘手的事情闹得焦头烂额,在相府开一个高级政治会议,参加会议的都是曹操手下的重要官员,气氛十分严肃。这时,许攸走到曹操跟前,拍着曹操的胳膊说,阿瞒,你怎么这么笨呢,简直是一头猪,你只需如此这般去做,准能解决问题。一屋子的人都愣住了,很多人都面露不平之色。而曹操却哈哈大笑,没有丝毫不高兴。

　　谋士程昱来见曹操。程昱说,我听说,一个人的小名,只有在他未成年的时候才能使用,而这小名应该由他的父母长辈来称呼。许攸不过是您的一个同学,却多次在大庭广众之下,叫您的小名,无异于羞辱丞相。您为什么不怪罪于他呢?

　　曹操说,许攸不仅仅是我的同窗好友,而且是我的救命恩人。小时候,我特别顽皮。有一次,我爬到树上去摘桑葚吃,一不小心,跌到树下的污水塘里,是许攸把我从塘里拉出来,救了我一条命。许攸对我有救命之恩,怎么能因为他叫我小名,就治罪于他呢?

　　程昱说，自三皇五帝，礼仪一直传到今天。您作为一国的宰相，一人之下，万人之上，有着神圣不可侵犯的威严。许攸虽然跟您交谊深厚，但他依然只是您的一个下属而已，下属理所当然应该尊重上级，而不能因为救过您的命就可以随意冒犯您的威严。请丞相尽快制止他这种行为。

　　曹操说，一年有四个季节，四季有它不同的特点。每个人因为生长环境不同而形成不同的习惯。许攸叫我的小名，只不过是他的一个习惯而已，这丝毫不影响他给我带来有益的一面。我记得当年我与袁绍战于官渡，两军相持不下，当时，我的粮草只够维持三天，是许攸从袁绍那边来投奔我，给我出谋划策，才使我一鼓作气打败袁绍，统一了北方。如果当初没有许攸，我早已被袁绍所灭，就不会有我今天宰相的职位，更谈不上宰相的尊严。与许攸的功劳相比，他叫我的小名是多么不足一论呀！

　　程昱不再说什么，只好退出去。许褚、张辽等一些武将也多次来找曹操，都被曹操一一劝退。

　　这一年，许都大旱，粮食歉收。曹操问许攸该怎么办。许攸说，一方面，老百姓没有粮食吃，另一方面，达官显贵的家里却用成堆的粮食酿酒，造成许多粮食浪费。当务之急，是制止这种情况的发生。曹操立刻传令，全城从即日起禁酒，违法背令者斩。曹操还让许褚、张辽等武将领兵昼夜巡城，如遇饮酒之人，就地正法。

　　晚上，曹操悄悄把许攸请进相府，说，别人不准饮酒，老同学例外，今日咱俩好好叙叙旧，一醉方休。

　　许攸点头，好，好，阿瞒，你想得真周到呀。

　　许攸摇摇晃晃离开相府，已是深夜。天空中一轮明月虚悬，许都城的街道清清白白。微风拂面，许攸伸伸胳膊，许攸关关节节都舒坦。

　　忽地，马蹄声疾。大将许褚奉丞相之命巡夜。

　　许褚令军校，将饮酒之人拿下。

　　许攸说，我跟阿瞒饮酒，何罪之有？

　　许褚手中长枪一抖，许攸像秋天的树叶，飘落在地上。

　　许攸的葬礼在一天清晨举行。全城的百姓都聚拢来争看这位丞相的老同学、绝顶聪明的许攸先生。响器班在哀伤地吹打，城中最好的歌手在动情地唱着挽歌。曹丞相哭得最悲伤，几欲昏厥过去。旁边的侍从看他的嘴在不停嚅动着，终于听清他一遍遍念叨的是：今后谁还叫我阿瞒呀！

　　曹操被侍从强行拉出灵堂，文武也跟了出来。

最后走的是行军主簿杨修。

杨修拍了拍许攸的棺木，叹道，你是最聪明的人，也是最愚蠢的人。

杨修还说："丞相的话，你怎么能当真呢？"

杨修说着，背着手，摇头晃脑地走了出来。

田 丰

邓洪卫

田丰是袁绍最重要的谋士。他是冀州巨鹿田家庄人。

田丰从小天资聪颖,机灵过人。满脑袋钟表瓢子,螺丝轴子。庄上人都说,田家的这小子,是个人精。

庄上人教育自己的孩子,都拿田丰做榜样。你看看人家田丰,那脑袋是什么脑袋,将来肯定有大出息。再看看你们的脑袋,木疙瘩,面糨子。你们要向田丰好好学习。

田丰20岁,只身来到京城闯荡,朝廷很赏识他,很快就让他做了侍御史。做了几年,田丰觉得没意思。因为当时宦官专权。田丰就把大印一挂,回乡了。

当初,田丰进京的时候,庄里人都出来送行,认为田丰此去必能做大官。田丰做了大官后,庄里人奔走相告,都为庄上出这么一个大官而高兴。可是现在田丰回来了,庄里人都泄了气。敢情不是有学问、有本事的人都能做官的,更重要的是看脾性对不对官场的路子。

庄上人的态度就有所转变,甚至疏远了田丰。只有一人,是田丰的本家亲戚,叫田喜的,还很敬重田丰。他让自己的儿子没事多往田丰那儿跑。

田喜的儿子,叫田七,跟在田丰后面,照应着田丰的生活。每天早晨,田丰和田七爷儿俩,一前一后,在庄子外面的树林里读书。黄昏,这爷儿俩在小树林里悠闲地散步。清风徐来,鸟鸣悦耳。那场景,十分悠然自得。

田喜对田七说,这叫近墨者黑,近朱者赤。再说,田丰这样的人,终非池中之物,日后定成大事。果然,有一天,庄外来了一队人马,为首的气宇轩昂,像个大人物,拉了几大车礼物来请田丰。大人物亲自为他挑起车帘。田丰大模大样地上了车。大队人马出了庄。后面还跟着一个人。谁呀?

田七。

田丰看到了，下了车，把田七带到车上。他对大人物说，这是我本家侄子。跟我多年，有感情啦。

这大人物可不是别人，乃是渤海太守袁绍。刚在朝廷跟权臣董卓打了一架，回了渤海，网罗人才，想讨伐董卓。听人说田丰是个人才，特地来请。

田丰一出场，略施小计，帮助袁绍大破公孙瓒。很快，袁绍用田丰之谋，平定了河北，拥有冀、青、幽、并四州，成为当时实力最强大的诸侯。

如果按着田丰的意见走下去，袁绍很快就会问鼎中原，统一中国。可是，接下来，却不顺当了。袁绍势力大了，骄傲了，刚愎自用了。他的眼里已经装不下那些谋士，包括田丰。甚至，他把田丰先生关起来了。因为田丰老是顶撞他。袁绍想，作为领导，我可以摆出个虚怀若谷的姿态，可你作为臣子，不能太不懂规矩。

袁绍听了刘备的话，要进兵官渡。田丰劝阻：明公万万不可进军啊，进军必败。

袁绍火了：人马未动，你就出此不吉之言，可恼。来人，把他关起来！左右过来，把田先生摁住了。田先生扛着脑袋，叫："你杀了我，我也反对你出兵。"袁绍说："我不杀你。待我灭了曹贼，再来看你如何回答我。"就这么着，田先生下了狱。

按说，监狱里的生活应该很苦的。可田先生一点苦都没受。

狱卒是田七。田七本来跟着田丰，帮着打理家务。田丰也很喜欢他。可是，田七跟着田丰时间长了，脾气跟田丰有点相似，老是给田丰提意见。比如，田先生，您的胡子应该理理了。您应该吃早饭，不吃早饭容易得胆结石。您不能老熬夜，熬夜是完美皮肤的大敌。生活方面的说说也就罢了。工作上的事，田七也管。田七说："您不能老是直谏主公，直谏他会烦的。说到底，事情是他们袁家的，跟您有什么关系呢？"

久而久之，田丰烦，把田七逐出府。田七没走远，就在冀州重找了份工作，到监狱里当差。

田七对田丰说，先生，我早就料到您会到这儿来，所以，我早一步在这儿等着。

把一向不苟言笑的田丰逗笑了。笑完之后，一声长叹，我读了这么多年书，还不如田七呢！

田丰不闲着，让田七送来笔墨纸砚，给袁绍写信。写好信，让田七送出去。

一封又一封，一开始还是劝谏袁绍不宜出兵。后来，就给袁绍出谋划策，告诉他怎么打。田丰说，如果袁公按照我说的办，还可以有胜利的希望。

有一天，田七高高兴兴地过来了，带着酒菜。一进门就说，恭喜先生！

田丰说："主公胜利而归了。"

田七说："哪呀，主公在官渡被曹操杀得大败，就要回冀州了。"

田丰一听，愣住了，半晌才回过神来，长叹一声："我命休矣！"

田七奇怪地问："主公败了，说明您当初劝他不出兵的主张是对的，他会醒悟过来，把您请出去继续当官啊，您怎么会说没命呢？"

田丰说："如果他胜利了，他还能放过我；他败了，必然羞见我，杀死我。"

第二天，袁绍的使者就来了，扔给田丰一把宝剑，赐死！田七放声大哭。

田丰说："事到如今，就不要哭了，哭有何用？"

田七说："都怪我呀，您让我转给主公的书信，我一封都没送过，都负气点火烧了。"

田丰说："不怪你。送过去，他也不会采纳。这是天命。又转身说，当年，我们耕读在田家庄，早读晚练，何等自得啊。这样的日子一去不复返了。"说着，田丰把宝剑横在脖子上……

田七大哭一场，把田丰的尸身运回田家庄，安葬在那片小树林里。

范公堤

邓洪卫

车子在一条窄窄的公路上行进，两边是田野，田野里涌动着油菜花的黄。

车上是几位文友，在城里待得烦，到乡下采风。

一个文友说："这路怎么这么颠哪？"

开车的是我们当地的一个文友，叫范大海。他忽然庄重地说："我们脚下的路，就是著名的范公堤。"

我们的心都为之一振。

大海说："范公，就是范仲淹啊，当年创作了千古名篇《岳阳楼记》。"

我们当中有人忍不住吟诵起来："庆历四年春，滕子京谪守巴陵郡。越明年，政通人和，百废俱兴。乃重修岳阳楼，增其旧制，刻唐贤今人诗赋于其上，嘱予作文以记之。"

大海说："名篇！中学时学过的课文能记得多少？"

一个朋友说："特别是那句'先天下之忧而忧，后天下之乐而乐'，千古名言啊。"

大海说："《岳阳楼记》里最让我心动的并不是这句话，而是'不以物喜，不以己悲'，这才是我们最需要做到的。'先天下之忧而忧，后天下之乐而乐'，这不该是我们做的，我们还不够资格呀。"

车上的人都笑了。

我问："范老先生怎么会在这里修堤呢？"

大海说："老先生在这里做过盐官啊。按说盐官是个肥差，可他当盐官期间，这一带盐业不旺。那时海水经常上涨，涝灾不断，百姓的生命财产得不到保障。范老先生奏得朝廷批准，发动民工沿海筑堤。"

一个朋友说:"范先生脑袋挺活的——盐上没油水,搞水利。这么大的工程,得花大价钱吧?"

大海说:"价钱花不了多少,却费大力气。当时,没有仪器,对海上的水位是无法掌握的。筑得太高,海水到不了,白筑了;筑得太低,海水一来就淹了。常常是堤还没筑起来,海水上来就给冲垮了。"

朋友问:"那是怎么筑起来的呢?"

大海说:"范老先生愁得吃不好睡不香。多亏他有个聪明的女儿,出了一个好主意:坐着海船,沿海撒稻糠,潮汛一上来,海水就把稻糠推到岸上来;海水落下,岸上就留下一道糠线。然后,沿着糠线筑堤,就没被冲倒过。"

一个文友说:"那这儿离海边不远吧?"

大海说:"远了去了,海岸线早已东移。"

文友说:"那这堤就是废堤了。"

大海说:"虽是废堤,可世世代代盐阜人民,读书的不读书的,年长年幼的,都还记得范先生啊。"

文友说:"这可真不容易。"

大海说:"其实呀,范老先生留在当地的故事可多啦,许多都失落了,但有一个故事流传得最广。我是听我的祖父讲的。我祖父前年刚过世,活了一百多岁!"

我们都说:"你祖父算得上长寿老人了。"

大海说:"那是。老人生前经常给我讲这个故事。当年范老先生做盐官的时候,正逢当朝宰相过寿,朝中范老先生的好友就写信来提醒他随份礼。当然,这礼金得厚重,跟咱们平常走动随礼可不一样啊。范老先生也想随份礼,日后好办事。可他为官清廉,没钱哪——要有钱,必须得在老百姓头上刮。可老先生哪能这么做啊,不做官他也不会这么做啊。你说巧不巧,正好,在他官府院里的银杏树下,发现了三坛黄金。旁边就有人出主意,这是天助您范公啊,干脆送到京城宰相府祝寿,何愁您不升迁啊。范老先生摇头,不行,这黄金肯定有主人的,岂可滥用。命人去查访这院落的原主人,果然找到了主人王平。王平很感动,非得留下一坛金子给范大人。范大人说,我如果想要金子,我还找你干吗?王平无奈,只得抬了三坛黄金退下。"

听到这里,我们都竖起大拇指,赞叹范仲淹。

大海说:"还没完呢。不久哇,范仲淹得到意外升迁。老先生觉得奇怪,后来一打听才知道,王平拿着一坛黄金以他的名义送到京城相府了。范老先生听得事情原委，长叹一声，挂了大印，回乡务农了。"

车内一片议论之声。

那天，在车上的除了大海和我，还有三位文友。一位是做官的，两位是生意人，合伙的。

现在，我那位做官的文友因为贪污受贿进去了。两位合伙做生意的朋友也散了伙，公司很快没落下去。

那天，几位朋友回去后都从不同角度写了文章，登在晚报的《名家新作》栏里。

只有我没写。这篇文章算是补记。

文 人

宗利华

论起来，嵇康、阮籍和钟会都是文学圈的人。

但前两位，都有点瞧不起后一位。他算只什么鸟？简直糟蹋文字。这个贵公子，写诗，不过是个走仕途的手法。但一开始，钟会这人还算谦虚。有作品，就想请大腕指点。可大腕都不好接近。阮籍喜欢装聋作哑，说话模棱两可，让人难把其脉。而嵇康，平素只给他眼白观摩。钟会写了《四本论》，想拿给嵇康斧正，到他家门外，老觉得腿肚子哆嗦。于是，隔着墙，给他扔进去。嵇康拾起来，顺手就丢进茅坑。

至于嵇阮二位"竹林七贤"老大级人物，互相倒还钦佩。嵇康就曾晃着脑袋感叹："阮籍这老家伙，从不说别人缺点。我想学，都学不来！"

他的确学不来。他这人，骨头比铁还硬。而阮籍办事，就灵活多啦！

比如，大将军司马昭分别露出请他俩出山的意思，无非聘个文化名流给自己脸上贴金。

司马昭什么东西啊？

他篡夺曹氏政权之心，路人皆知。

两人都不想理他。

阮籍的做法是，装疯，卖傻。他每天都泡在酒楼。偶尔，还揽过老板娘来，讲些荤话。那一次，嗬，更猛！脱得一丝不挂，在一间空屋子里，仰躺成一个"大"字，给观众表演行为艺术！他还振振有词："我以天地为房舍，以屋宇为衣服，你们干吗钻我内裤里？"

对他这举动，司马昭先笑，后骂："文人，都他妈有病！"

可嵇康就不同。

司马昭知道这人嘴硬牙更硬，先托嵇康的朋友山巨源去做思想工作。

山巨源一进门，瞧见嵇康光着膀子，在院子里那棵歪脖子柳树下，打铁。

名人锻炼身体都与众不同。

嵇康本来就"萧萧肃肃，爽朗清举"，肌肉又搞得像练过健美，加之文采斐然，精通音律，难怪曹操的曾孙女看他第一眼，就想扑进他怀里撒娇。

嵇康明白好友来意，当下就拉长老脸。次日，写封长长的绝交信，打发人送给山巨源。把司马昭和老朋友，一并给得罪掉。

司马昭气得咬牙。司马昭就想，早晚，让你死在我手！

看来，纯文人，不屑于搞政治。

但文人里头，也有天生钻营仕途的。

没想到，那钟会三拐两拐，成了司马昭的心腹谋士。钟会成谋士之后，却开始谋算嵇康。因为，嵇康也曾彻底得罪过他。

钟会约好一帮子文学青年去拜会嵇康。那家伙抢着大锤，在那里叮叮当当，挥汗如雨。嵇康的好友向秀，俯首拉风箱，满脸是灰。俩人一边忙活，一边有说有笑。一帮子文人傻乎乎围一圈，看了老半天。那两位却旁若无人。钟会的脸色青一阵白一阵，怏怏而走。嵇康这时才问："何所闻而来，何所见而去？"钟会站到门口，并不回头，狠狠地说："闻所闻而来，见所见而去！"

你看，钟会这人，也还不是彻底的半吊子。

但嵇康算是彻底把钟会惹恼了。

文人算计文人，向来不择手段。

这简直是怪事儿！

钟会就去对司马昭说："嵇康这人，卧龙也。不可用。"

司马昭眨巴眨巴眼睛，没说话。心想，这我还不清楚？不说别的，冲他是曹家门上的女婿，我就不能容他！

但历史上任何政客要拿文化名人开刀，都要掂量，都要谋划。

譬如，司马迁得罪刘彻，也没掉脑袋，却让人把裆内物品切了去。白脸曹操杀文人手段更巧妙，文学愤青祢衡惹他生气，他玩个借刀杀人。孔融、崔琰、杨修也被他相继灭得有理有据。

司马昭终于等到机会。

嵇康的朋友吕安犯事，被关进大狱，把嵇康扯了进去。钟会听说消息，一路响屁跑到司马昭面前，说："不诛康，无以清洁王道。"

这句话，直接把嵇康送上断头台。

杀嵇康、吕安那天,洛阳城内人声鼎沸,三千太学生联名上书,要求不杀嵇康。

自然,被驳回。

吕安跪在那里,以头撞枷,撞出鲜血:"我死不足惜,可连累嵇兄,让我如何能安心九泉?"嵇康却仰面看天,哈哈大笑。正午阳光,火辣辣照在他脸上。

嵇康说:"没你这事,我照样得死。"

嵇康喊:"为我取琴来!"

不一会儿,有人递一古琴上来。嵇康探手抚琴,头再次缓缓抬起,眯眼睛去看太阳。再低下,双目已紧闭。蓦地一下,一个琴音径直弹入每个人的耳孔!偌大一个东市,除却琴音,不闻一丝杂声。

是他精熟的《广陵散》!

那刽子手怀中抱刀,眼神渐渐晦暗。一线刀锋,微微抖颤。

音律突然加快,似乎夹杂刀枪铁马。每个人眼里,有厮杀,有鲜血,有仇恨,有火焰。音律戛然而止!嵇康十根手指顿住,却见血线溅出,连同几丝绷断琴弦,缠缠绕绕,在阳光下,灿然飞舞!

嵇康仰着头,挺直脖子,叹道:"《广陵散》,如今绝矣!"

遥远的大殿里,司马昭浑身震颤一下,眉头紧锁。他打量一眼钟会,钟会也在看他。钟会从他眼里,看出悔意。

那天晚上,五十三岁的阮籍再次喝得找不到北。不久,阮籍病逝。

又过几年,钟会也被司马昭杀掉。

司马昭背着手,自言自语,你他妈太阴险啦,还想超过我吗?

赐　死

宗利华

丞相李斯进门以前,立在那里,犹豫了一下。侍从端了酒,也立住。片刻,李斯挥手,进去吧。

韩非跪卧了一角,正斜了眼看一根木柱上爬伏的蚂蚁,嘴角竟挂着顽童的笑,却瞧也不瞧来人一眼。其实,他心里想:估计他该来了。

果然,就听见了李斯的笑,"师兄可真是好兴致啊!"

韩非抬头,拱手:"哟,是丞相呀。"

李斯又一挥手,侍从倒退而出。

韩非瞧一眼酒壶酒杯儿,仍笑着,眼角的皱纹却是不动声色地一抖。"丞相尚有叙旧之心思吗?"

李斯踱近前,掀衣盘膝跪下,与韩非相对。

竟一时无语。

半晌,李斯说:"其实,始皇本来极欣赏师兄的才识,可你也知道,他这个人,喜怒无常,唉,寻常人不可测其心啊!"

韩非摆手制止,"丞相之意,我早就知道了。"话锋一转,"在始皇麾下,稳居丞相之位,先生也算相当不易了。"

李斯面上微红,却说:"师兄,小弟无能,向来愚蠢,不及师兄一半学识。竟至于在此事上束手无策,无助于师兄半分。"

说至此,以手遮面,作拭泪状。

韩非呵呵大笑起来,竟笑出了泪。

韩非说:"丞相,韩某今天才明白,有时候,学识在胸,非但不为福,反而是祸啊。"

李斯缓缓立起,冷笑:"韩先生以为李斯趁机加害于你吗?"

韩非摊开双手："丞相,韩某尚未露出此意啊。"

李斯说："你我各事一主,小弟亦自知不及师兄。然我二人毕竟师出一门,我李斯总不至于卑鄙如此。"

韩非又是一笑："言重了,言重了。"

遂抄起了酒壶,稳稳地斟上了一杯。酒在杯中,兀自一圈一圈漾着。韩非探出两手,紧紧捧起,冲李斯说："丞相,韩某不敢请你喝这酒啊。"

李斯眉头一皱。

李斯仰面冲天,心想,韩非果然厉害。又想,这证明自己这一步也没有做错。

李斯虽然背手闭目,却清晰地看到那口酒全部倾进韩非之口,咕咚,一个遥远的极轻微的声音自狱中响起。韩非喉结一动,随之,长长的一口气带出来。

李斯并不去看韩非面庞。

尽管他极想去看。

然,他终究没有回头。

却听到韩非静静地说："丞相,走好。"

一丝恐惧蛇一样从李斯心底游出。他疾步掠出狱门,耳际却清晰地响起韩非一连串的冷笑。

李斯急急地逃遁时,竟与迎面跑来的同僚鲁贾撞个满怀。鲁贾跑得大汗淋漓,手中高举一诏书,气喘吁吁："丞相,始皇有令,赦免韩非!"

李斯很烦躁地说："你进去瞧瞧吧。"

鲁贾飞奔进门,只见韩非蜷缩一角,口吐白沫,抽搐不止。鲁贾跺脚,晚了,晚了。

秦始皇嬴政冲左右一摆手,便都退下了。只剩下跪在地上的李斯。

半天,嬴政问："他,死了?"

李斯回答："是的,他已经死了。"

嬴政闭了眼,竟想起了韩非子的《五蠹》:"上古之世,民食果蓏蚌蛤,腥臊恶臭,而伤脾胃,民多疾病。有圣人作,钻燧取火,以化腥臊,而民悦之,使王天下,号之曰燧人氏。"

每读此,他会拊掌而起,以为奇文。

他曾慨叹："能与此人长谈,死亦瞑目!"

嬴政突然睁了眼,两道目光直射向李斯。李斯正偷窥,忙低了头避开。

始皇就心里说:"不是你劝寡人杀掉韩非的吗?怎么你倒成了这个样子?"

半天,他叹口气,说:"丞相,下去吧。"

李斯慢慢地退出来,额角经风一吹,有了凉意,一擦,竟是满头大汗!

逃

非·鱼

　　你见过我吧？我敢说你肯定见过我，我已经是个完全透明的人了，包括我身上有几颗痣他们都知道。

　　那样的事谁没干过？

　　现在，我的肠子都悔青了。心情再不好我踢自己也不能去踢那个破垃圾筒啊。

　　一阵风，这不是最根本的起因，但它扬起了很多的灰尘，毫无商量地朝我涌来，扑打在我的脸上、身上。我"呸"一下嘴里的灰尘，又骂了一声："这破天，这破地，这破城市。"然后，我的右前方就出现了那只让我倒霉的垃圾筒——这是为配合创建卫生城市更换的垃圾筒，据说是环保材料制作的，红红绿绿代替了以前的白色不锈钢，一对一对，跟点冒号似的，点在街道两旁。

　　一个红色的冒号正好在我脚边出现，我其实什么都没想，就是顺势抬起一只脚，朝冒号中的一个踢了一下。要在平时，让我踢它，我都嫌脏，可那一刹那，我真是让鬼拍了脑袋了，居然主动踢了垃圾筒一下。也没怎么用力，我跟垃圾筒又没仇。

　　但就是那一脚，让我从此不得安生。

　　我不知道那个无所事事的家伙藏在哪儿，还居心叵测地端着照相机（我恨死这东西了），而且他的照相机还正好打开着，还对着那只肮脏的垃圾筒。我实在佩服他的摄影技巧，他怎么就没成摄影家呢，我很纳闷儿。我随意地一抬脚，就短暂的一两秒的功夫，他居然就抓拍到了，就立此存照了。我有点扭曲的面部，我好像很恶毒的一脚，都清晰地被拍了下来，我浑身是嘴都说不清楚了。

　　最可恶的是，那个没有成为大师的家伙居然把这张照片发到了互联网上。只在一夜之间，估计大半个中国要有几亿人都知道了这件事，反正，等我知道的时候，只要输入"踢"或者我的名字，就有几十万条搜索结果，随便点开哪一条，就可以看到我"丑恶"的嘴脸，还有我那"罪恶"的一脚（这是他们说的）。

跟帖发表评论的就更多了，多得我看都看不过来。大家异口同声谴责我，说我破坏城市建设，说我道德败坏，说我行为不端，说我缺乏教养，好像我打小就是个不良少年，一贯仇视社会，脑后长了反骨，搁封建社会早就揭竿而起了。

你说无聊不无聊。居然，居然他们还查到了我的家庭住址、工作单位、联系电话，包括我的身高、体重、爱好、血型，还有我大学的老师、中学的同学，甚至幼儿园给我喂过饭的保育员。他们把我从小到大做过的坏事全揭露出来了，我4岁时抢过一个叫圆圆的小朋友一块大白兔奶糖他们都知道。

他们说，我上小学迟到过13次，有8次被老师罚站，有5次是罚我抄课文。上中学，我喜欢揪前面女同学的辫子，拿粉笔砸过一个叫李佳亮的同学，还给吴明的鼻子打出血。上大学，我干的坏事就更多了，简直就是罄竹难书。

我没办法再看那些言论，我不知道我从什么时候起变得那么坏。我翻出家里的奖状、三好学生奖章、荣誉证书，那是发给我的吗？我的心突然快速跳动起来，自己能感觉到脸红到了脖子根，这些荣誉，也许都是我用卑劣的手段骗来的，肯定是。

首先在单位，我待不下去了。领导和同事轮番来给我做思想工作，因为要采访他们的人快把他们的手机打爆，他们快要崩溃了。而且，他们也似乎在一夜之间发现了我狰狞的真实面目，开始疏远我，好像我就是艾滋病毒。最后领导几乎是哀求我：你走吧，工资照发，你喜欢去哪儿就去哪儿，工资会按月打到你的卡上。

无处可逃。

我只能回家。可我家楼下已经满是那些想挖掘我丑行的人，甚至楼对面的房屋，也被他们租用，他们在一扇扇窗户里伸出黑洞洞的照相机镜头，时刻瞄准我。太恐怖了，我害怕看到那一个个黑色的洞。小时候，我奶奶说照相机"咔嚓"一下，人的魂魄就被吸走一点儿。她老人家真是伟大的预言家，我的魂魄就是被"咔嚓"一下吸走的。

最后，老妈动用了她最严厉的武器——眼泪，在一个深夜把我推出了家门,老妈说:"不是我们不爱你,我们实在不敢爱你,不能爱你啊。"

我已经无处藏身。无论我走到哪儿,大家都认识我,我比过街老鼠更能引起大家的不安情绪。我只好远离人群,逃到深山,找到这个废弃的小窑洞,在这里安心生活。

"你说,没事我踢那个垃圾筒干吗?"

"哎,你说,我真的就像他们说的那样,那么坏?坏得那么彻底?"

"哎,你说,你看我像个坏人吗?"

"哦,你不会说,你只是只蜗牛。"

爬半天,累了吧,你也歇歇。

入侵者

周海亮·

"这是我们的土地,我们的母亲,我们愿意用生命将她捍卫。"

话是王说的。对他的勇士,对他的百姓。

王的土地,安静并且富庶。田野,炊烟,流水,教堂,古老的王国,一成不变。王的百姓世代生活在这劳作,歌唱,抚琴,舞蹈,信仰独属于他们的神灵。王和百姓都认为这里永远不会遭到侵犯,然而入侵者还是杀来了。十万武装到牙齿的异族骑兵轻而易举地拿下王的北方小镇,然后一路往南,逼近都城。王匆忙集结的队伍不堪一击,从前线逃回来的士兵告诉王,这不是战争,这是屠杀。王点头,表示同意,然后,摆摆手,兵就被处死了。王不会放过任何逃兵,王的土地上,绝不允许贪生怕死之辈。

王派出他的第二支队伍,然后,第三支庞大的队伍开始集结。第二支队伍是去送死,士兵们唯一的任务,是将敌人尽可能拖住。第三支队伍才是真正的队伍,王不仅亲自挂帅指挥,还押上王国的所有:最精良的武器,最坚固的铠甲,最强壮的战马,最充足的粮草,最勇敢的士兵,最严明的军规……

如王所料,第二支队伍全军覆没。可是他们将敌军拖住整整十天,十天时间里,敌人没有前进一步,王的第三支队伍却已经开赴前线。战斗极其惨烈,所有人都知道,假如战败,他们会失去生命,他们的父亲和孩子会沦为奴隶,妻子会受尽凌辱……更为可怕的是,他们将会失去祖先留给他们的土地……

战局在第五天开始扭转。王的队伍终于不再撤退,他们将敌人死死扛在河的对岸。这不但是王的功劳,士兵的功劳,更是百姓的功劳——孩子们为锻造兵器的铁匠拉起风箱,姑娘们为受伤的士兵包扎伤口,妇女们赶制着冬衣,老人则跪倒在神灵的塑像前,默默为每一名士兵和每一寸土地祈

最具想象力的叙事美文·深夜里游走的路灯

祷……

半个月以后,敌军开始撤退;一个月以后,敌军开始溃败;两个月以后,仅余的三万异族骑兵被困山谷。此时战局明朗,王只需一场大胜便可将敌军彻底消灭。夜里,王召来他最博学并且最信赖的谋士,王想采取一种最稳妥并且代价最小的方式。

可是我们不必将他们杀干净。谋士说,我们只需要将他们赶走……

他们是入侵者。王握紧拳头:"我绝不会让任何入侵者活着离开我们的土地!"

可是代价太大。谋士说:"如果将他们全都消灭,我们至少还会牺牲三万名年轻人……"

"为了最终的胜利,战至一兵一卒又有何妨?"

"可是王,您知道异族为何会突然侵犯我们吗?"

"因为他们看上了我们的土地。"

"也许是这样。不过他们似乎认为,这土地也应该属于他们……"

"无稽之谈!"王说,"我们世代生活在这里,并让这片荒蛮之地变得美丽并且富饶。他们为这片土地做了什么? 他们不但什么也没有做,并且发动战争,屠杀百姓……"

"可是王,您真的要不惜一切代价吗?"

"我说过,我已经决定了!"王抡起拳头,将木几捶得"咚咚"有声。

王与谋士,最终决定挖一条暗道。暗道从小镇开始,一直延伸到山谷。然后,王的五千死士会突然出现在敌军的阵营,烧毁他们的营房,捕杀他们的首领,让他们措手不及。王和谋士将这次行动称之为"天衣",将这条地道称之为"卫国暗道"。

清晨,"卫国暗道"开始动工。几百名志愿者轮流挖掘,进度惊人。可是挖到接近山谷的地方,他们遇到了麻烦。数不清的深埋在地下的石碑阻挡了暗道的推进,他们必须在这里,绕一个很大的弯。

他们请示王。王和谋士进入暗道,王被眼前的景象吓呆。

石碑如此之大,如此之多,令王匪夷所思。王推断,多年以前,这里也许是一个古老的广场。王趴上石碑,却看不懂那些碑文。王向谋士请教,谋士只一眼,便说:"这些石碑,至少存在了五千年。"

"怎么可能?"王说,"我们的王国,不过两千年历史。"

"这不是我们的石碑。"谋士说,"这些石碑,属于进攻我们的异族人。"

"你确定?"

"我确定。"谋士说,"我不但确定这是异族人的石碑,并且知道碑文的意思。事实上,尊敬的王,我不得不告诉你,真正的入侵者,其实是我们。"

"你先告诉我,石碑上写的是什么?"

谋士便趴上石碑,一字一顿地念起来:"这是我们的土地,我们的母亲,我们愿意用生命将她捍卫。"

焦尾琴

文·立

我的故事当追溯到公元二世纪末。

其时,我还是吴地溧阳的一段桐木,苟存于一家寻常庭院的柴堆里,做着不很现实的梦。

这一天,从厅堂那边传来的琴音,如激愤的河水流淌着一种孤高意远的悲催。我知道,那是避难的蔡邕先生,正用一种独特的方式抒发情怀呢。

"不公平!"我小声地嘟哝着,"我为什么不能成为先生抚爱的琴呢?我的经历,我的材质,我的激情,我的内能……哪一样不比他弹奏的那个强?"

"哈哈,这是命运啊!"同类们嘲讽我。

"可是,我不是一般的桐木啊,我是有志向的桐木啊!"我喃喃着,想表露自己与众不同。

"你?等着吧。"身边的家伙们继续着对我的挖苦,"你再优秀,还不如我们一样,等着一同化成灰烬?"

真是。话刚说完,我就被人拉拽到了灶火边。再眨眼工夫,又被扔进熊熊燃烧着的灶膛里了。

我就这么完了?我的抱负呢!我的理想呢!

我怎么能甘心?我号哭,我撕心裂肺地爆裂着,我绝望地高喊:"救命,救命啊!"

据传那个蔡邕先生能明察秋毫之末,据传即使些微的声音都逃不过他的耳朵。他能听懂我的语言吗,他会来拯救我吗?

我何其有幸!蔡邕先生真跑过来了,他后面还跟随着美丽的文姬小姐。他趿拉着鞋子,神色张皇地跑过来,嚷着:"快别烧了,别烧了,这可是一块难得一见的好材料啊!"

在做饭的女东家发愣的当儿,蔡邕先生的手早伸进了炉膛,硬生生把我从里面拉了出来。我身上还燃着火呢!他的手顷刻间就被烧伤了。可他似乎也不觉得疼,还惊喜地又吹又摸呢。

那一刻,我泪流满面。多少年来,谁如此抚慰过我?谁如此爱怜过我?

这是一块好材料啊,这是难得一见的好材料啊!蔡邕先生打量着我,兴奋地如同捡到了宝贝。一瞬间,我感觉,他忘记了他的落魄还如我刚才一样呢。

之后,蔡邕先生对我精雕细琢,我才成了一张琴,一张好琴,一张名琴。因为我的尾部有烧焦过的痕迹,他给我起了一个名字,焦尾琴。焦尾琴,多么让人感伤的名字,它记录着我一触动就痛的往事啊。

倘不是碰上蔡邕先生,我的命运会怎样?

知遇之恩啊!我发誓,绝不辜负蔡邕先生!

我追随主人继续流浪的日子,继续品味人世间的冷暖。

我和他时常用特殊的语言进行着特殊的对话,进行着灵魂深处的沟通。从先生弹奏的高山流水里,从先生吟诵的《述行赋》中,我聆听到了他内心的失落和渴望,我感受到了他对国运的担忧以及对人民的同情。

命运就是相遇。蔡邕先生发现了我,可谁又来发现蔡邕先生呢?

飞扬跋扈的董卓来了征召令。

因为李儒的极力推荐,把持朝政的董太尉才强征我家主人进京的。进京意味着什么?当官啊。那是多少人梦寐以求的事情!

可是,家主人让我传送出的却是马不停蹄地忧伤。抚着抚着,先生愤怒了,以至于挑坏了我身上的两根琴弦。我第一次发现先生脾气这般暴躁。他拍着桌子,说:"我怎么会侍奉一个奸贼,我怎么会向一个流氓无赖低头呢?我不会去的!你们就说我病了,去不了!"

"不去?"使者倒不慌不忙的,说:"太尉谕令,您不去就杀您全家,灭您九族!您看看外面的兵丁们吧……"

主人傻眼了。走吧,怎么可以因为自己株连更多的人?

我们不得已地长途跋涉!我躺在少主人文姬小姐的怀里,随着蔡邕先生北行。然而北行,会掀起多少痛苦的过往?单从蔡邕眉宇间能看出些端倪的。

后来的情况是我们想不到的,董卓竟对我家主人欣赏有加:署祭酒,举高第。三日之间,周历三台。迁巴郡太守,复留为侍中。初平元年,又拜左中郎将，因为从献帝迁都长安，再封高阳乡侯。

　　自然不会再落魄了。尤其使主人心情舒畅的是，终于有机会达成自己的心愿，可以进行《汉史》的写作了！有那么一些日子，主人少有地弹奏出些昂扬向上、春风得意的曲子呢。

　　然而，转眼间，董卓被诛，天下更乱了！

　　那一日，主人行走中见有尸体暴仆在地，周边人等皆不敢前，而他却好奇地凑上去了。当认出是董卓，主人出于礼节和义气，就禁不住扑在上面大哭了那么几声。

　　这还得了？偏偏惹恼了新贵王允。终究大祸临头，未能躲过死劫。

　　下人皆庆贺不已，你怎么敢哭丧呢？司徒怒问。

　　主人还实话实说呢：只因一时知遇之感，不觉为之一哭。

　　知遇之感是一种什么感？值得你不顾后果地痛哭？你怎么看不清形势呢？

　　我遇上了好主人您，可您所遇非人啊！

　　当我的灵觉徘徊在古都长安的角角落落，感应到主人遇难的信息时，刚经历过丧夫之痛的文姬小姐正疼爱着我。那一瞬间，我挣断了身上的所有琴弦，试图告诉少主人：知音已去，谁人会听？

等你二十年

文·立

男人离婚后,喜欢上同单位的一个女孩。还不是一般的喜欢,而是那种魂不守舍、魂牵梦萦、神魂颠倒的喜欢。男人先是注意观察着女孩,试探着女孩。男人发现女孩似乎对自己也怀有好感的,也有那么种意思的。但是女孩的年龄比男人小很多,差不多二十岁呢。为此,男人很苦恼,男人担心向女孩表白会遭到拒绝。可不表白吧,男人又不甘心。犹豫来犹豫去,男人决定找机会和女孩谈谈。

这一天,凑巧就碰上了这么一个机会。男人面对着女孩,便委婉含蓄地道出了对女孩的爱恋之情。说完了,男人内心汹涌地等待着女孩的答复。

结果是男人想不到的:女孩看着他,笑了,笑得还挺纯真。女孩这一笑,搞得男人无所适从了,一时间,他脸红红着,尴尬至极。

女孩轻轻地说:"我只是担心,你这么大,家里人会不同意的……"

"哦,你只是担心家里人?"男人听了,眼睛里闪出光亮来,说:"你的意思是你……能接受我的?"

女孩望着他,点点头,说:"我觉得找一个比我大些的丈夫很好啊。那样,我会没有压力,总感觉自己年轻呢!只是我担心……我听听家里人的意见,再说吧!"

又过了几天,女孩对男人说:"不行的,我一提出来,家里人就炸啦,没有一个赞成的。我父亲说除非……"

"除非什么?"

"除非你有办法年轻20年!"

"哦……"男人一下子彻底泄气了。

偏偏,在第二天的报纸上,男人看到一则广告,说某科研单位有一项新发明刚获得了世界专利。这项新发明的最大特点是,可以使人的生命停滞在某一个点上不变化。比方说,某人得了不治之症,当下又没有特效药,怎么办呢? 可以先把他冷冻起来。等人世间有了治疗的方法以后,再用方法解冻。被冷冻的人想冻多长时间就冻多长时间,冷冻的肉体在被冻期间,会维持在固有的状态,不发生任何变化。但不管冻多长时间,等一解冻了,被冷冻的人还如若干年前一样鲜活!

男人看过,瞬间,已失落的心仿佛又见到了希望的光芒。他斟酌再三,决定去实地考察一下。

男人坐了几天几夜的高铁,几经波折,才总算找到了这家科研机构。男人问工作人员说:"广告上的,是真的吗?"

"当然!"人家回答说。

"我要是被冷冻20年,20年后会怎样?"男人又问。

"哈哈,我相信20年后,你一定还是现在这个样子!"

"哦!"男人想,20年后,我还是这样,而那个女孩却已经老了20岁了。那时候,我们不是年龄相当了么? 那时候……

男人准备尝试这个科研成果了。他又去见了见女孩,把自己的决定说给女孩听。

女孩惊诧地瞧着男人,说:"真有这样的事儿? 真可以通过这样的方法使人年轻?"

"试试吧,为了能和你在一起,我无论如何都要试一下的。"男人说。

女孩挺感动。女孩说:"想不到你竟这么爱我呢! 好啊,倘若那样,20年后,我们的生理年龄和心理年龄就没有什么差距了,我还有什么理由不嫁给你呢?"

几天后,男人到了那家科研单位,怀揣着对20年后的美好向往,毅然走进了冷冻室。

日夜如梭,光阴似箭。混混沌沌地,20年竟悄然过去了!

这一天,男人真醒来了。醒来的男人缓慢地恢复了记忆,他望着鸟语花香的世界,感觉自己只不过睡了一个长觉而已。现在,仿佛哪儿都是新鲜的,哪儿都是陌生的。男人想起了女孩,寻思着,20年过去了,当年的女孩变成什么样子了呢? 她还那么美么? 她还信守着当年的承诺么?

男人决定马上去找女孩。

男人凭着记忆寻到了女孩的家乡,打听着女孩的情况。

女孩的亲友们告诉他说,女孩在几年前就已经走了。

"走了?去哪儿啦?"男人很有些失落,问。

"好像去一家什么科研机构了,据说那家科研机构可以冷冻人……"

"哦!"男人兴奋了。男人想,原来她心里有我呢,原来她牵挂着我呢!要不,她怎么会去看望我呢?我这20年的等待啊,值!

男人没有多停留,重新回到自己被冷冻了20年的地方,再见到了经营冷冻业务的科研人员们。

这里的科研人员们都忙碌着,因为来这里办理业务的人太多了!男人经过几番打听几番查询,才好不容易搜索到了有关女孩的情况。

原来,女孩也早已经被冷冻起来了!她的委托代理人说,跟她签的合同是,冷冻五百年。因为她想在五百年后,还像若干年前一样年轻!女孩的委托代理人还转交给他一封信,信是女孩写给他的。女孩在信里说,你爱的是比你年轻二十来岁的我啊,倘若不年轻了,你又怎么会还爱我呢?

富顺香辣酱传奇

王孝谦

四川因四大江而得名,四江之一的沱江在下游的富顺县拐了个弯,不是向东而是向西流去,流出一片片品质独特的金黄大豆。千多年前,如母乳般的豆浆与井盐之乡的卤水巧妙结合,孕育出了无与伦比的介于豆腐脑和豆腐之间的富顺豆花。《富顺县志》载:"城北古刹罗浮洞,和尚酷爱豆花,白嫩鲜美,以待施主,慕为佳肴。"五十年前,有张记豆花店主,缘和尚技法,潜心豆花"点"法及蘸水配方研究,创为名食,蜚声巴蜀。外地客人来富顺必吃豆花,上级领导检查工作后最满意的也是吃豆花,人们感叹:到富顺不吃豆花,等于没来富顺。

数十年来,县外、省外仿效者众,皆不如意。有客人便叹:富顺豆花只能偶尝不可常拥有。女人说:像昙花。男人说:似艳遇。

县城不大,鼎盛时期开过七十八家豆花店,各有味色,互不相扰,蘸水配方尤为机密,失之自灭。"小刘豆花"、"李二豆花"、"雷三豆花"家家都生意火爆,但唯"富顺豆花店"要排队候座。

店堂摆下大小二十几张桌子,人声如潮,日日如是。店堂左角有张桌子靠墙,其上摆了碗筷杯碟之类,占去大半桌面,只留一方桌椅可坐人。

一老翁独占那方桌沿,背对门庭街市,旁若无人,每天太阳还未起床他便赶在其他客人来之前进店,太阳睡了他才离去,也不与人打招呼,日日如是。

老翁戴和尚帽,须髯垂胸,皆白,皱纹满坡,几星老年斑点缀其上,背微驼,手瘦长。清晨入店,携一竹篮找准那位儿坐了,要了两碗豆花、一只蘸水碟儿,慢悠悠依次排开。他又慢腾腾掀开竹篮盖面的报纸,取出小酒瓶、圆柱形玻璃小酒杯,咂咂嘴,用一张小纸片细擦杯儿、长把铝汤勺、楠竹筷子,手颤颤地将汤勺、筷儿依在碟沿上，又摸索着从竹篮内取出味精、辣椒粉、花椒、胡椒、芝麻粉及其他不知名儿的汁水、粉末儿之类，轻轻抖一点儿入碟儿，搅搅。旁人奇怪，那蘸水碟儿远近闻名，够味儿的了，还嫌味淡？

他舀一汤勺甜汤入口，漱几下举头吞了；又用汤勺舀一勺豆花入空碗内，用筷儿轻点了蘸水涂在豆花上，入口闭眼，细品，再浅啜一口白酒，回味无穷。

店主姓张，对老翁极是照顾，端茶送水递毛巾，下午客少时还坐于旁与老翁闲聊。豆花店一般午饭后就关门，主要卖早、中两餐，这老翁曾在其他几个豆花店去试过，到了下午均遭驱赶，一店的人不可能为一个没啥油水的老翁白白守一下午吧？张姓店主家就在这店铺里面，加之看到这老翁就似看到他死去的父亲，父亲一心向佛，无心找钱，得病后无钱医治惨死家中。老翁绝少说话，出言则极为精妙。那一日店主问："老伯，您老怎么有如此闲心？"老翁捋捋长须，闭目微言，声若起于幽谷，久久绕梁："老衲在品着岁月……"

又一日，店主问："老伯，您品出什么了吗？"老翁捋捋长须，闭目微言，声若起于幽谷，久久绕梁："无中生有……"言毕启目，光芒映人。店主不懂其言，正在纳闷，顿感神清气爽，紫雾缠身，恍惚中那老翁离座飘去，瞬间即逝。

店主猛醒，脚下生风追出，见那老翁已至城中小西湖尾，店主追至西湖尾，那老翁已无踪影，只见在废弃多年的古罗浮洞上空一团紫雾飘落。

时近黄昏，店主如在梦中，静立良久，迟迟不走。突有声起幽谷："留心餐桌，照方抓药，定成正果！"

店主忙反身回跑，出了一身热汗，进店踢了门槛，咣当一声扑地。店主翻身坐起，却在床上，原来是做了个梦？遂从里屋推门入店堂，细瞄，果有蝇头小楷刻于那老翁常坐的小桌，其上排了各种调料及数十种中药名称。店主如获至宝，遂照方抓药，认真配制蘸水，果然味美无比。于是，半年之后他便开一小作坊专事豆花蘸水生产，并入瓶送县外，味鲜如在富顺，遂直呼为"富顺香辣酱"。不久又申请注册登记办起一厂，产品供不应求，当年便获全国旅游食品金奖。

那老翁托梦给张姓店主之后一直没再来品过豆花。店主将那小桌用黄纱包了供在内室，日日上香。便有四五家仿效办厂，后又建起香辣酱集团公司，成为富顺支柱产业之一，每年贡献税收近千万元。

　　政府找到张姓店主,说他贡献特大,有什么要求政府将尽量满足,他只提一言:重修古罗浮洞,作为旅游胜地开发!

　　说这话时是1984年,政府没有表态。之后有人却把张姓店主得的荣誉证、奖牌之类全拿走了,说他搞封建迷信活动。他曾一度消沉,豆花店也让给别人开去了,但对那张神桌却一直秘密地供奉着。

　　1993年7月17日《四川日报》在"天府旅游"栏载文称:"唐代著名佛教寺庙资国寺重要组成部分的富顺古罗浮洞在几开几停之后终于重见天日,紫气常绕……"据说,古罗浮洞僧人曾找过张姓店主把那张神品餐桌捐存洞中,作为镇寺之宝严加保护,但张姓店主誓死不从。

　　古罗浮洞游人如织,四季如常。游人在品尝了"龙水豆花"之后,多要买两盒软包装的礼品香辣酱回去,或馈赠亲友,或旅途开味。据介绍,富顺香辣酱由古罗浮洞内天然矿泉水调制而成,食用后神清气爽,胃口大开,百病离身。

　　"富顺香辣酱"传人张姓店主却不知去向。据说,一外商愿出巨资购他那张神品餐桌,那晚他酒后兴奋地揭开黄纱,小桌面却平整如新,无任何字迹。

　　后来,有人在峨眉山某寺庙见过张姓店主,面善者问其名他却已不知自己姓氏,其额头上蹲了九重戒疤,逢人便双手合十,口中念念有词:"阿弥陀佛,无中生有……有中生无也……"

深夜里游走的路灯

龚房芳

　　早起的清洁车发现，美人路上的北边的第十五个路灯挪了位置。清洁车是个细心的家伙，他知道每条街上每个路灯的确切位置，就连窨井的位置也了解得很清楚。

　　"北十五号距离斑马线只有三米三，可现在，他离斑马线足足有四米。"清洁车在心里嘀咕着，同时他的脚步稍微慢了些。"没错，他真的挪动了。"

　　清洁车抬头看看北十五号的脸，可人家正打瞌睡呢。"哈，果然是一夜很劳累啊。"清洁车在心里冷笑着，"这个时候，路灯还不该休息，要到早晨六点多才能下班呢。"

　　每天凌晨，清洁车就开始工作了。这个时候，大街上都很安静，人们还在酣睡，连围着路灯打转的虫儿们也都撑不住了。最精神的就要数路灯和清洁车了，即使没有任何人的监督，他们也知道自己要上的是夜班。

　　夜班虽然辛苦，可作用太大了，那些晚归的人，不都是靠路灯照亮回家的路吗？那些清晨匆匆上班的人，能走在干净的马路上，不都是清洁车的功劳吗？清洁车和路灯们一直为此自豪，他们彼此鼓励，发誓永不偷懒。

　　可是，北十五号怎么了？难道他躲到一边去睡懒觉了？清洁车只在下半夜上班，他不清楚马路上发生了什么。但是，强烈的责任心促使他要把这事情搞清楚。

　　为了不冤枉北十五号，清洁车在之后的早晨又细心丈量了他的位置。没错，每次都有些许变化，这些变化对人们来说是微不足道的，对其他路灯来说是无所谓的，可清洁车不这样想。"路灯就要站在固定的位置上。"

　　第五个晚上，清洁车开始行动了。上半夜他就没睡，专等大街上静下来再悄悄出来看情况。将近午夜，虫儿也停止了鸣叫，汽车也都进了车库，街道上只有路灯照射下的行道树的影子了,清洁车就躲在这黑黑的影子里。

"兄弟们,准备了,马上开始!"是北十五号的声音。果然,是他在作怪。

令清洁车惊奇的是,他看到路灯每隔一个就有一个出列的,莫不是他们要去游行?

那一排路灯自顾着朝前走,并没有注意跟在后面的清洁车。他们沿着美人路走到尽头,拐上了日历大街。日历大街的中段,有个快乐大道,那里通往新建的美好家园。可是,那里还没有完工,工人正在加班干活呢。

清洁车猜不出路灯们来这里干什么,半夜里逃走,就为了来这里睡懒觉吗?睡懒觉也要找个干净舒服的地方呀。他不明白大家的意思,只好默默地继续跟着。

"你,往前站!你往中间来点。我们按美人街上的顺序排队。"这是北十五号的声音。很快,路灯们都按他说的做了。

"嘘!他们来了。"一个路灯小声提醒大家。

清洁车看到远处的美好家园本来灯火通明的,现在慢慢变得暗了,工地上的灯在逐渐熄灭,直到变得黑乎乎一片。

一群群下班的工人走过来了,他们的脸上有着疲惫的笑容,眼睛在路灯下很亮地闪动着。脚下的路本来不平坦,可有了路灯,工人们走起来好多了。

原来是这样,清洁车舒了一口气。当最后一位工人也离去的时候,他准备回去了。

"嗨!清洁车先生,既然来了,何不干点什么?"北十五号突然说。看来他早就知道清洁车在后面跟着了。

清洁车想了想,说:"好吧,趁着你们的亮光,我把这里的卫生打扫一下吧。"

说干就干,清洁车可不在乎提前上班。

不过,干完了活,他可要提醒一下北十五号,回去的时候,要站在规定的位置哦。

这是我知道的路灯故事,如果你发现哪里不够亮,记得告诉北十五号路灯哦,他就在美人路上。或者告诉清洁车也行,他会在下半夜出现在美人路。

回　家

陈力娇

珍珠是一头猪,猪们在开会。珍珠是组长,珍珠说:"主人今天不在家,我们要把栅栏门哄翻,然后突围出去。"

亮蹄说:"是呵,人类太拿我们不当回事了,不给我们自由,唯一给点好吃的,还是为了杀了我们。"

四眼说:"最可恨的是他们还嫌我们长得不胖,给我们吃添加剂,我现在胖得都走不动路了,离死越来越近了。"

四眼的话音刚落,一群猪围了上来。积极响应珍珠的号召。小丽说:"哪里只是胖啊,我现在瘦得见风都打晃了,胃里火烧火燎的,城里人喜欢吃瘦肉,主人专门给我吃了只长个儿不长膘的药,你们看我现在苗条的,就跟少女似的。"

大家向小丽看去,果然看到她骨骼高挑比大家高出许多。这才想起每天进食的时候,小丽都到另一个栅栏里和十二崽一起吃。十二崽是小丽的孩子们,白刷刷十二个小猪崽,平时大家还以为这是小丽生产后特殊的待遇呢,现在看显然不是。

珍珠说:"所以我们得逃。主人去城里又给我们买添加剂了,吃了它,我们要多丑有多丑,要命的是我们只有四个月的活头了,四个月的添加剂会把我们鼓成气球。我们要趁他没回来,把属于我们自己的世界夺回来。"

"对!"亮蹄第一个向栅栏门冲去,他想把栅栏门撞碎,却让一颗铁钉刺破了嘴唇。四眼说:"你真傻呀,你难道不知门这东西比什么都坚固吗? 人类用它关我们祖祖辈辈,有谁冲破了这道门?"

四眼的话让大家静下来,每头猪都在想着对策。可是对策哪是一时能想出来的。多少年了,猪都是由人摆布,人是猪的上帝,他们从养猪起就没想过让猪好。猪们想到这，一个个垂下头去。小丽自生产后身体一直不好，就躺下来等候大家的主意。十二崽们在一边玩，他们还什么都不懂，卯足了劲在打闹。

珍珠说："我们一起吼，主人家的小主人在家，我们一吼她就学不了习了，她就会为我们开门。"小丽一骨碌爬起来，说："不能影响小主人，她很善良，常喂我的十二崽饼干，她交不上作业会急死的。"亮蹄瞪了她一眼，说："就你事多，不吼，我们还有别的办法吗？难道就等死吗？"大家一起怒视小丽，小丽就不知怎么回答了，她也不想等死，她想把她的十二崽养大，哪怕有一个能冲出栅栏，回到山林，她的愿望就实现了。

小丽是多么怀念山林啊，她的爸爸是头野猪。

珍珠看大家想不出办法，就目测一下栅栏和远处树林的距离，说："亮蹄，你平时跳高不错，你试着跳出去，到森林找小丽的爸爸，请他来援救我们。"亮蹄听了珍珠的话，想了想说："办法倒可以，可是这栅栏也太高了，我跳不过去，掉下来会摔死的。"

四眼说："摔死也是为国捐躯呀，你不过是比我们早死几个月，我们这样的生命，哪有活到老的。"

亮蹄生气了，瞪了四眼一眼，看着他胖得走不动路的体态，调过头去。四眼不吭声了，他在打一节土墙的主意，这土墙是他平时擦痒痒的地方，有一块已经被他弄得松动了，四眼现在就想从这松动的土墙打开缺口。

大家猜透了四眼的心思，都过来帮忙。但是他们很快发现，弄倒土墙也不是件容易的事，土墙外面是黄泥，里面是砖和水泥，还有钢筋，他们纵使再有本事，也颠覆不了这现代化的东西。

小丽叹气，说："这要是我爸，一身本领，不会被这点小事难住的。他整天在森林里奔跑，老虎都没怕过，多深的土地他的大长嘴都不在话下，他会在地底下打洞把我们都接出去。"

小丽说出这话，扑棱一下坐起身，她让自己的歪打正着吓了一跳。这是一个好主意呀！直到大家欢呼起来，小丽才红了脸，为自己骄傲。她说："这是我爸爸在帮咱们呢。"

夜晚到了，小主人隔着墙给他们往食槽里添食，隔老远就闻到一股让他们厌烦的添加剂的味道。但是他们还是努力地吃，把自己吃饱好有力气。

夜晚安静下来了，他们的行动悄悄地开始了。由珍珠选好了一个便于出行的方位，打洞开始了。亮蹄率先拱开地皮，他的力气很猛，一上场就旗开得胜。但是问题还是出现了，正在大家干劲冲天时，他们听到了马达声，是主人开着四轮子车回来了，车上还有几个人。于是由珍珠带领，他们一起横七竖八躺在坑里，屏气凝神，想瞒天过海。

一行人下车直奔正房，有人用手电向他们这里照，主人说："不忙，咱先喝酒打牌，天亮再动手，要几头，任你们！"珍珠听了这话一哆嗦，他顿时明白他们的大限来临了。主人进屋后，珍珠含泪指挥大家，为节省时间，缩小出口。猪们一起行动起来。天蒙蒙亮时出口打通了，珍珠和亮蹄还有四眼一起把小丽和孩子送了出去，望着他们潜入森林，然后用他们肥胖的身躯将出口堵牢，不论谁看，这里都像什么也没发生过。

机器年代的杀手

甘桂芬

2200 年,科学的发展造成了人类对技术的过分依赖,人们习惯于轻松地操作一切,包括人类自身的生产。一家电脑公司经过充分的调查论证,决定向市场推出机器孩子。

机器孩子的仿真度非常高,他们由一套先进的程序控制着,不但有人类的外形、人类的体温,有人类一样丰富的表情和表达感情的方式,而且,尤其令人满意的是,他们也一样从婴儿成长为少年、青年、中年,和人类一样"生老病死"。当然啦,他们的脑子里是一套精密的微电子材料,而非天然的沟回组织,他们的内脏器官由先进的机器零件组成,"生病"是机器出现故障,"死亡"是机器运转功能衰竭。

越来越多夫妇乐于选购一个机器孩子,它比别的宠物更能满足他们的为人父母、宣泄爱心的需求。所以,机器孩子一经推出立即引起社会各界的普遍关注,虽然很多社会学家认为这将带来伦理上的混乱和人类自身资源的衰竭。由于机器孩子非常接近于"人",而且可以按照人类的意愿设计定制,市场十分看好,无数不愿受怀孕生育之苦的家庭蜂拥而至,纷纷到电脑婴儿公司订购,生产机器孩子的厂家不得不大规模扩张生产线,以满足社会需求。

当然机器孩子的出现也带来了一系列的问题,比如孩子的身份注册问题,就像一百多年前变性人的性别判定一样,许多购买了机器孩子的家庭都强烈要求给予自己的孩子正常的国民待遇,不允许社会歧视自己的孩子——因为他们也是有思想、有喜怒哀乐的"人",他们长大以后也要读书、就业、结婚,没有身份他们将何去何从?最后经过地球人全民公决,通过了《机器孩子国民资格登记法》,正式给予机器孩子和自然生育孩子一样的公民身份。几年过去了,户籍警察发现绝大多数家庭为孩子报户口时手持的不是医院出具的出生证明,而是电脑公司提供的产品合格证。

若干年后,有一位职业杀手自 Y 星球搭乘星际列车到地球来开辟新的市场,可是他的生意很清淡。因为在很多情况下他所能杀死的只是机器人的一个零件,遇害者家属总是可以带上保修单到生产厂家很快就将其恢复原状。

职业杀手恼火极了,他曾经非常骄傲,在 Y 星球时,他的枪下从来没有幸存者,以绝命杀手著称。但是在地球人面前,他的自信心受到了沉重打击。

他郁郁寡欢,不久就病了。这是他第一次生病,在 Y 星球时,他被同行和主顾们视为没有感情的机器,从未生过病吃过药,可这一次不同,他感到心脏难受得很,还有剧烈的头痛,他住进地球人医院接受诊疗。

医生为他做了全面检查之后,问他:"需要通知您的家属吗?准确讲,是和您生活在一起的人。"职业杀手摇了摇头。

"那么,先生,我建议您和当初生产您的厂家联系一下,您的心脏,嗯,术语叫血液输出器,还有大脑,也就是记忆存储器出了些故障。您是三十五年前的产品,主要部件出点问题这很正常……"

"你是说……"

"对,咱们都一样,是机器人。当然很多人和您一样不知道自己来自工厂,这可能是您的父母担心您和他们之间会因此产生隔阂。"医生一直微笑着。

职业杀手突然想起,他曾听母亲谈起他过世的父亲喜欢旅游,早在三十五年前,父亲就到过地球。

奖来的旅行

甘桂芬

萧伟是个初中二年级的学生,他性格开朗活泼,爱动脑子爱探险。他爸爸是个军人,很少回家探亲,萧伟平时和妈妈一起生活。

期末考试前,妈妈曾经承诺,如果萧伟这次考试成绩令她满意的话,妈妈就给他买一台电脑。萧伟没让妈妈失望。暑假第一天,妈妈就兑现自己的承诺,带他来到电脑城。

各个品牌的电脑看得人眼花缭乱,最后,萧伟喜欢上了一家著名电脑品牌专为中学生设计的一种机型。外观线条流畅,配置也完全符合萧伟网上冲浪的需要,名字更好,就叫做年轻冒险者。

就是它了。付钱的时候,推销员告诉他们,生产厂家为这种机型的电脑设了幸运奖,中奖者可以参加由该公司组织的神秘之旅。萧伟急忙刮开中奖卡,天哪,中奖了!

推销员惊讶地说,这项幸运奖花费很高,所以设置的中奖率极低,销售一万台电脑才有一个。他立即与公司总部联系,按要求为萧伟拍摄了数码照片,并将萧伟的身份证号以及个人简历、兴趣爱好、习惯等个人详细资料传输到总部,然后总部指令推销员三天后就可以安排萧伟乘坐火车向云南方向出发,总部将会派人在火车终点站接他。

去云南?妈妈有些不放心,他还从来没有一个人出过远门呢。妈妈在单位里担任领导职务,不好临时请假陪他去。但是萧伟高兴得不得了,他正想尝试一下独自旅行的滋味,拍着胸脯向妈妈保证不会有问题。

妈妈拗不过他,只好送他上了火车,同时给了他一个待机时间超长的手机和一张银行信用卡,千叮咛万嘱咐,要他随时和家里保持联系。

上火车不久,萧伟遇到了一个也要到云南下车的英俊帅气的大学生。

他挺健谈，很快和萧伟聊了起来，他说自己也很喜欢冒险和旅行，但是旅途中难免会遇到一些意想不到的问题，这就靠自己的智慧来解决，这也正是旅行的乐趣。两个人聊得挺开心。刚开始，萧伟还有点戒备，他记着妈妈的话，外面的世界好人很多，但是坏人也不少，要提高警惕。萧伟假装虚心请教的样子，说自己还没有见过大学生的学生证呢。那位大哥很爽快地拿出了自己的学生证给萧伟观摩，萧伟认真检视了证件上的学校，悄悄对照了上面的照片，没有发现问题。他悄悄记下了学生证号码，趁着上厕所的机会打电话到学校进行了查询，没错，是Ａ大电子系的学生祝韶辉。这下子他放心了，和祝韶辉开心地聊了起来。

两个人很投机，祝韶辉告诉他自己要去云南看自己的双胞胎妹妹，给妹妹送一样东西。他说自己和妹妹出生先后只差二十分钟，两个人不但长相非常相似，而且性格、习惯相同，甚至一个人生病时，另一个人也会有感应。

是吗？萧伟惊讶地瞪大了眼睛。祝韶辉拿出零食请萧伟吃，萧伟记得妈妈交代的不要随意吃陌生人的食物，婉言谢绝了，可是祝韶辉坚持说这盒饼干很好吃，非要塞进他的书包里。

一路上，祝韶辉妙语连珠，逗得萧伟十分开心。可是行至中途，萧伟发现有两个戴着大黑眼镜的男人在祝韶辉背后一直注意着他们，坐在祝韶辉对面的萧伟偷偷提醒了他，祝韶辉假装不在意，拿出一面小镜子对着照脸上的青春痘，他果然在小镜子里看到了那两个鬼鬼祟祟的男人。他似乎有点紧张，然后没过多久，他的脸色突然变得苍白，痛苦地摔倒在地上。萧伟吓坏了，祝韶辉捂着心口，说一定是妹妹出了什么情况。他说每当妹妹遇到什么麻烦，他就会心口绞痛，而且查不出病因。这是一种双胞胎之间的特殊感应。

他拜托萧伟去解救妹妹。

"不，我还是先送你去医院吧。"萧伟对他有点不放心。

祝韶辉摇摇头，他说："没有用。医生治不了我的病。除非妹妹解脱危险，否则我只能靠止疼药缓解痛苦。拜托你了。"

看到他痛苦的样子，萧伟不忍心拒绝这个刚刚结识的好朋友。他郑重地答应了。

祝韶辉突然环顾四周，和他紧紧握手，然后说自己马上就在前边的站台下车。萧伟感到他在自己的手心里塞了一个小纸团。

很快，祝韶辉就在前边的小站下车了，萧伟发现那两个鬼鬼祟祟的男人也跟着下了车。怎么回事？

萧伟感到情况不那么简单。他躲进厕所打开了祝韶辉塞给他的纸条。

纸上有一行潦草的字迹，写着："有人在跟踪我，他想对付我和我妹妹。现在我引开他们，请你到云南后把你书包里的饼干盒交给我妹妹，在见到她之前千万不要打开包装，切记！"

怎么回事？这么说，祝韶辉刚才的病可能是为了引开跟踪者装出来的。他为什么要这样做？那两个人为什么跟踪他？他们之间到底有什么秘密？难道自己刚才的查询不可靠？

他让自己去拯救他妹妹，这究竟是真的还是一个骗局？如果是骗局，他为什么骗自己？自己不过是一个中学生罢了，值得他这样费心神吗？

还有，那个饼干盒里究竟装着什么东西？

萧伟带着一肚子疑问。他想打电话请教妈妈，这时才发现手机已经不翼而飞了。萧伟十分气馁。没有人能帮他，他必须自己做出判断。可是小偷什么时候靠近过自己？自己完全没有觉察呀。

是去参加电脑公司组织的神秘之旅呢，还是帮祝韶辉找他的妹妹，拯救一个处在危难中的女孩？但是无论如何都必须先到达云南。一刹那间，萧伟有找铁路乘警帮忙的冲动，但喜欢探密冒险的性格阻止了他，他决定替祝韶辉走一趟，到目的地看看这葫芦里到底卖的什么药。

很快火车又行进了两站路，萧伟发现有些不对劲，刚才跟着祝韶辉下车的那两个人又出现在火车上。他们假装若无其事地靠近萧伟，眼睛的余光一直没离开他。他们要干什么？

萧伟很紧张，但没有害怕，反倒增加了和坏人斗到底的决心。他相信车上这么多人，他们肯定不敢硬来。

他们的目标是是书包里的那个饼干盒吗？

萧伟下意识地抱紧了书包。

终于到达了终点站，萧伟抱着书包下了车。

在火车站站台上，萧伟果然见到了一个和祝韶辉长得非常相像的大姐姐。她手里举着一个大纸牌："接祝韶辉，接萧伟"。

毫无疑问，她就是祝韶辉的妹妹，她怎么会知道自己曾经和祝韶辉在一起？看样子，她好像也没有遇到什么麻烦呀！

她高兴地拉着萧伟的手说："你就是萧伟吧，我哥哥祝韶辉是不是托你带给我一样东西？"

萧伟把饼干盒交给了她,问:"这是什么东西?"

她打开饼干盒,里面装的是一个电子跟踪器,它可以时刻向电脑公司的定位系统报告萧伟的准确位置。她笑着说:"我哥哥特别爱开玩笑。"

原来她和哥哥都是大学电子系三年级的学生,利用暑假到这家著名的电脑公司打工。这个跟踪器是兄妹俩研究试制的新产品。根据公司的安排,他们负责接待参加神秘之旅的中学生。为了确保旅途安全,公司安排每个学生都由员工负责全程陪同。祝韶辉就是专程陪同萧伟的。在同一趟列车上,还有两名员工负责陪同另外两名中奖者,但是那两名中奖者都在家人的陪同下出发的,所以这两个人就无所事事了。祝韶辉和他们商量,为了给萧伟的神秘之旅增加更多的惊险成分,他特意编造了一个被坏人跟踪的情节,还顺手牵羊拿走了萧伟的手机,故意让他紧张。其实他在小站当着萧伟的面下车后不久,就从别的车厢登上了火车。

终于真相大白。大姐姐冲着萧伟的身后招手,祝韶辉一脸鬼笑地出现在萧伟面前。

以后的几天里,祝韶辉和他妹妹陪着来自全国各地的中奖中学生一起旅游。其中萧伟是最开心的一个。

一个星期结束了,萧伟乘上了返程的火车。他心里想,祝韶辉哥哥还会为自己设计什么特殊的节目吗?

金字塔思维

杨光洲

　　"千古之谜终于解开了！"站在 H 星一座金字塔下，何楠·扬博士脱口而出。在这个只有他一个生命体的寂静星球上，此刻他能听到自己心脏兴奋急促的"咚咚"跳动声。

　　地球上早有 H 星生命与文明的记载。但是在 X 世纪后，无论是远望观测还是发射飞行器实地考察，均找不到 H 星的生命与现实文明了。H 星的生命为何消失？H 星的文明为何衰落？地球上的专家学者进行了 Y 世纪的研究。因为地球与 H 星自然环境极相似，人与 H 星的生命又同为宇宙间会思维的高等生物，吸取 H 星的教训对地球可能有着重要意义。然而，长期的研究其实就是无限期的争吵，专家学者们未能给出令人信服的答案。也有传闻说有位学者找出了答案，可当局怕引起社会恐慌不允许发表，坚持说明 H 星真相的学者神秘地失踪了……

　　何南·扬是地球上有名的不合时宜的人。往往他的论文一发表，当局就迅速组织批判。官方有批判他的办公室，民间有批判他的协会，有一批人渐以批判他为业。但当局始终未把他除掉，一来显示大度，二来这样活的反面教材越来越少，还需"珍惜"。在地球上实在无话可说的何楠·扬不知天高地厚地向当局提了考察 H 星的要求。令他喜出望外的是，当局同意他独自驾飞船前往，进行不受任何限制的研究。

　　何楠·扬对 H 星地层进行深层次挖掘发现，很久以前 H 星的确有过让人叹服的文明，那时生命体的思维未受任何束缚，各阶层生命体和生命体的各群落可以自由地以不同几何体作为自己思维的外在标记，这一点可以从挖掘出来的球形、立方体、圆柱体、不规则体的瓶瓶罐罐和建筑物中找到有力佐证。还有的器物一半被造成球形，一半被造成立方体，以表示两种思维的平等存在与比较。这时 H 星生命体是快活的。在一块不规则几何体上，何楠·扬还找到了他们登上地球的幻想图。

随着挖掘在表层展开，何楠·扬发现在出土的器物中，金字塔状的几何体开始显现并越来越多，最终取代了其他所有几何体而一统天下。这是因为一个以金字塔为图腾的部族日渐强大并逐步征服了其他部族。金字塔部族首领在自己势力范围内宣扬金字塔是宇宙间最美的形体，是真理的象征，其他形体都是丑陋甚至有害的，必须铲除。金字塔部族首领统治全 H 星后举全球之物力、财力、生命力，大肆建造高大的金字塔。每一代首领还把自己发现的真理刻在金字塔顶端，经常洗脑的生命体们对此深信不疑，顶礼膜拜。

何楠·扬用十天登上了第一代首领时建造的金字塔，塔尖刻着真理：饿了要吃饭！

何楠·扬用二十天登上了第二代首领时建造的金字塔，塔尖刻着真理：吃饭要煮熟！

何楠·扬用三十天登上了第三代首领时建造的金字塔，塔尖刻着真理：吃饱要排泄！

何楠·扬用四十天登上了第四代首领时建造的金字塔，塔尖刻着真理：吃饭、煮饭、排泄要有机统一，相互促进，缺一不可！

在金字塔脚下，何楠·扬又挖掘了几座建塔奴隶的墓坑，发现这些奴隶的胃都是干瘪的，他们竟是饿死的！一代代统治者编出的吃饭—煮饭—排泄理论让奴隶奉若神明，却根本没有施行！

物力因造越来越多貌似真理的金字塔而衰竭，生命体因只有一种思维而失去创造力，H 星衰败了！何楠·扬写下这段考察结论登上飞船准备返回地球。可这时他才发现，当局只给飞船加了一半燃料，他只能单程飞到 H 星，而无法返回地球！

何楠·扬倒在 H 星上，遥望着宇宙间晶莹蔚蓝的地球，于生命弥留之际默默地祈祷：金字塔思维的悲哀，可千万别发生在地球上呀！

又失生辰纲

杨光洲

话说杨志在黄泥冈被晁盖等人劫了生辰纲,本想跳崖自尽,但转念一想:"我杨家满门忠烈,世代英名,如今丢了生辰纲不向梁中书请罪却悄悄在此一死了之,岂不是有始无终失信于人,辱没祖上门庭?"于是,回北京向梁中书请罪去了。

听完杨志诉说,梁中书许久才说出话来:"生辰纲遭劫也不能全怪你。现在社会上仇官仇富的人越来越多。唉,如此下去,大宋岂能和谐稳定!你且下去吧!"

转眼又一年。梁中书又把杨志唤上堂,吩咐道:"今年生辰纲仍由你押运。一切条件全依你,你须将功赎罪,确保万无一失!"

杨志道:"谢大人!今年押运生辰纲,我只要一辆马车,其余一概不要。"

梁中书诧异道:"去年你带着军汉、虞侯、都管十余人尚被贼劫,今年匹马只身如何去得?"

"我扮作长途车夫,专走国道、高速公路。这些道路全封闭,贼人无法埋伏,又可快速行车。若依小人,便愿领命。"

"好!越是公开处,越易藏秘密。就依你!我再修书一封,在蔡太师面前保举你!"

杨志把梁中书的举荐信放在贴心内衣口袋,驾车载着生辰纲向汴梁驶去。刚上国道,就被一群穿着"大宋路政"制服的人拦住要罚款。杨志道:"为何要罚洒家?"

路政们一阵哄笑:"这厮好不晓事!超载了,罚银十两!"

杨志道:"我车刚到,你们如何知道超载了?"

说话间,一辆空车从后面绕到到杨志前面,交了罚银,匆匆驶去。

路政们冲着杨志喝道："不交罚银就到路边把车上的货卸了再走！"

车上是生辰纲，杨志如何敢卸？只得交了罚银。

杨志驾车追上那辆空车问道："你驾空车，为何也交超载罚银？"

驾车的是位三十多岁的学究，苦笑着告诉杨志，如今大宋的国道、高速公路上都有路政在查超载，而营运车辆若不超载必定得亏本。超载罚银养肥了路政，时间一久，无论是否超，路政见车就罚。"记住，民不和官斗！忍忍吧！"学究丢下这句话，驾车飞驰而去。

从国道上了高速公路，杨志提高了车速，可跑了没多久，就又被大宋交警拦了下来："超速十次，罚银五十两！"杨志道："洒家在哪儿超速了？你们看到了为何不早早提醒？"

杨志忽然看见学究也在路边交罚银，并正向自己使眼色。杨志交了罚银请教学究。学究说，交警本来是维护交通安全的，可他们最希望车辆超速违法，这样他们才能罚银创收。他们把监控器安在路边隐蔽处，专等车辆上钩。"记住，民不和官斗！忍忍吧！"学究丢下这么句话，又驾车离去了。

杨志边驾车边琢磨学究的话：不超载必定亏本，罚银养肥了路政……监控器安在隐蔽处，专等车辆上钩……他娘的，这班鸟公差比持刀抢劫的贼人还恶劣，俺到了汴梁定当面向蔡京太师反映！什么"民不和官斗"、"忍忍"，依俺，非剁了这帮鸟恶吏！

交了一路罚款，窝着一肚子火，杨志驾车来到了黄河边。过了黄河大桥，就可直达汴梁了，可在大桥前堵满了车。学究也已驾车在此等候。他告诉杨志，前边是大桥收费站，车辆在此排队交费。杨志道："为何又要收费？"学究说："你没看见桥头牌子上写的'贷款修路，收费还贷'吗？其实，这贷款十年前就还清了，因为有蔡太师作靠山，收费站就是坚挺不撤，吸民脂民膏无数！为何有这么多车要过桥？七八成是赶去给太师送生辰贺礼的。"

"蔡京竟是个贪官！"杨志脱口而出。

"壮士休叫嚷！蔡太师权倾朝野，小心给巴结他的人听去！说句不中听的话，这些人巴不得给太师舔腚哩！听说，就连三世忠臣之后杨志都在为他押送生辰纲呢，可怜了杨家世代的美名……"学究说着停了下来，他看到杨志面色由青变红，由红变紫，拳头攥得"咯咯"响。

"罢！罢！罢！羞煞俺也！洒家不走这条路了！"杨志把梁中书的举荐信撕得粉碎，调转车头，从岔道上了条小路……

蔡京又没有收到女婿梁中书送来的生辰纲。那路上的学究便是智多星

吴用。官府从此少了个一心想凭自己本领向上爬、求进步的杨提辖,梁山泊多了只除暴安良、杀富济贫的青面兽。后世赞曰:

　　大路不畅世不平,

　　魑魅魍魉任横行。

　　挥刀斩尽吸血鬼,

　　替天行道留美名。

心中有鬼

杨光洲

　　隆冬。深夜。稀稀拉拉的旅客走出火车站出站口，个个都惧怕纷飞的雪花似的，瑟瑟地缩着脖子。他也缩着脖子出站。

　　一群宾馆女服务员等在出站口的台阶上，比旅客还多。

　　"我们宾馆五星级，按四星级标准收费。"

　　"部队招待所，绝无骚扰电话。"

　　"市委客房，正规安全又实惠。"

　　"我们宾馆有车来接。"

　　"我们宾馆就在对面。"

　　夜色漆黑，寒风刺骨，雪花飘飘。揽客女子们送来的春风迅速卷走了旅客们。

　　唯有他还独自前行。高中低档的宾馆都没做成他的生意。

　　"老板，住宾馆吗？"他走下出站口的台阶，一个涂脂抹粉的女子从黑影中冒了出来，"我们有特殊服务！"说话的气息仿佛喷在听话人的耳根上，声音低低的，听得却真切。

　　"什么特殊服务？"

　　"你一个人吧？来个暖脚的，舒服舒服！要不要？"

　　"漂亮吗？"

　　"嫌不漂亮可以换！"

　　"还有什么新花样？"

　　"再来个陪说话的？"

　　"素质怎么样？"

　　"天南地北，懂得多着哪！不满意随时调！"

"两个一起上多少钱？"

"一个 500 块，两个 1 000 块。你要让两个一起上，只收 800 块。"

"不许骗人呀。安全吗？"

"你绝对放心！公安局长是我们老板的小舅子。"

他跟着女子深一脚浅一脚地走了近半个小时，钻了几条胡同拐了几道弯，进了一处破院子。院子东西南北各一座房子，一棵枯树冷漠地立在墙角儿。

进正房。先交押金八百块。

服务员领他到住宿的房间。卧室散发着霉味，床上的被褥汗渍尿渍画的地图清晰可见。他大叫："就这条件？不住了！"

"你反悔？押金不退！"

"好！我不反悔。就这条件，还有暖脚的？你叫得来我不要求退钱。叫不来就得退钱！"

暖脚的马上来了——一只塑料暖脚壶。灯光昏暗，但壶体的翠绿底色还是衬得鸳鸯戏水的图案鲜艳悦目。

"就这个?！"

"这不是暖脚的吗？嫌不漂亮，还有西施、貂蝉、川岛芳子、莱温斯基图案的，你要哪个？"

"说话的呢？"

"在床头柜抽屉里。"

一只半导体收音机！

"巴格达今天又发生一起汽车炸弹爆炸事件……"

"经科学家研究证实，全球气候还在变暖……"

"新四军久在沙家浜，这棵大树哇有荫凉……"

"廉政教育进校园巡回演讲团连日来为全市小学生上廉政课，社会各界反响强烈……"

服务员拿着收音机不断调台。"我给你说了嘛，听着不满意调就是了！"

"不住了！退押金！"

"是你反悔，不退！"

争吵。他只要回了四百块，扫兴地又去找新住处了。

三天后的一个晚上，还没咽下这口气的他要找这家宾馆算账。积雪把所有的道路都变成一样的了，他的记忆比雪地上的脚印还乱。他终于找到了一处似是而非的院子。进院,墙角儿的枯树告诉他:就是这儿!

可院子里只有一座四四方方的破房子。进房门,如来佛祖端坐中央,安然慈祥。四大金刚分列两旁,怒目圆睁。供桌上烛光摇曳,青烟袅袅……

"咋变成庙了? 真他妈的活见鬼!"他怒不可遏。

"阿弥陀佛! 善哉善哉! 佛门净地施主如何见得鬼了?"一老僧双手合十向他行礼。

"这里的宾馆呢? 何时改成庙的?"

"释空寺自唐即在此,从未改作宾馆。"

"真是活见鬼了!"

"施主慢慢道来。鬼,只能在人心中。你是如何见到鬼的? 贫僧倒很想听听……"

落 雁

唐丽妮

茫茫原野,她面南伫立,雕塑般。猎猎朔风把她的红裘皮大衣生生地扯起来。

侍卫的马蹄一声比一声紧,复株累单于的旨意一次比一次急,催她回营。

她,一动不动。

她要等到汉宫的诏书,等待她的君王答应她的请求,诏她还宫。

太阳西沉,南面的黑马终于踏着滚滚黄尘疾驰而至。

汉宫的使君小心翼翼地传达成帝的诏令,望公主以国为重,从胡俗。

"子蒸其母,伦常混乱!"只吐出八个字,她就倒在了地上。

大漠夜漆黑,帐内,白毡地上,苏醒后的她坐了整整一宿。细心的侍女,送来了一杯又一杯浓香温热的奶茶,她没喝一口。

不久前,同样的白毡地上,同样的漆黑夜晚,垂老的单于收起了昔日鹰般的眼神,像那远逝的星,渐渐隐入远空。

"让妾跟王走吧!"她跪在地上苦苦哀求。

他摇摇头,两眼望向他们两岁的幼子,欲熄的火苗又蹿起了点点火花。

他把王位传给了他的长子。

他要把她和他们的幼子交给年轻的复株累单于。

是夜,年轻的复株累单于戎装配马,立于帐前,等待她披上红裘皮大衣掀帘而出。他要擎着她的细腰,跃上马背,在大漠纵情飞驰。

把那支狐尾拿来。她轻轻地对侍女说。

这支在清洌的香溪洗涤过无数次的狐尾小楷,是父亲送给她的礼物,伴随她登上雕花龙凤官船,顺着香溪,入长江,逆汉水,走进了长安那巍巍汉宫。在寂寥凄清的宫阙里，又曾让她在挥豪的宣泄中得到过无数的慰藉。后来，再跟着背负汉宫重大使命的她一路颠簸，经过不毛之地，走过雁门关，在滚滚黄尘中陶染腥膻，饮尽异邦风月。

她长长的睫毛扑扑颤动，细嫩的指尖轻轻抚过光滑的笔杆，一方洁白的丝绢在面前缓缓展开：

翩翩之燕，远集西羌，高山巍峨，河水泱泱。

父兮母兮，进阻且长，呜呼哀哉！忧心恻伤。

书罢挂笔吟唱，歌声如泣如诉，和着琵琶的哀怨，透过厚厚的帐顶，像幽咽的溪水流向茫茫夜空。

歌声辣动了帐外的年轻单于。他果断地揭开帐帘。

煮奶茶的篝火还在烧着，她那白玉般的脸庞被映染上了一层红，如同一朵尊贵的红牡丹。

他一步一步走到她跟前，凝望着她，坚定而热烈。

这个强悍的年轻单于，已不再是侍立在她身旁，称她为"小母后"，聆听她讲述中原耕种织锦故事的那个年轻人了。两团若隐若现的小火苗，如今已燃烧成了熊熊烈火。

她坐着没动，脸上还是那端庄的仪容，柔软的手指依然在弦上水般波动。

"嫱儿。"声音低沉，有力。

琴声的水波晃了一下。

"嫱儿。"他上前一步，抽出她怀里的琵琶，握住她的手腕，一把拽到身前。

"放开！我是你的母后。"

"不！你是我的阏氏！"他用粗壮的臂膀把努力挣扎的她紧紧箍在胸前，埋下头，在她耳边低低地说。

父死，妻其后母。就算匈奴没有这个风俗，你，也会是我的！他轻轻托起她那举世无双的脸，箍得更紧了。

嫱儿，你知道不知道？你踏上了这牛马遍野的大漠，你就是大漠永不熄灭的火把，也是我心中永不熄灭的火把！

你知道不知道，你给大漠带来多少财富、安宁和希望？你看，因为有你，南边不再起烽烟，骑马的男子扶起了犁耙，挤奶的女人学会了缝纫……除了你，嫱儿，漠漠原野还有谁，配做我雕陶莫皋的"宁胡阏氏"呢？

嫱儿啊,第一眼看到你,我就决心要带着你,踏遍大漠的每一个角落。

而你,为何总躲着我?父王把王位交给我,把你交给我,就是让我接替匈奴对汉宫的承诺,继续疼爱汉家公主呀!

嫱儿,我不能辜负父王,更不能辜负大汉宫啊?

他宽而阔的脸上,剑眉钩目,狂野的眼里火焰烈烈。

她的心隐隐地疼了。

未央宫内,元帝殷殷厚望的注视,犹在眼前;长安街头,老人含泪挥手的叮咛,犹在耳边……

她,轻轻地闭上了眼睛。

哈哈哈……

强悍的复株累单于一把把她横腰抱起,大步踏出帐外,翻身跃上雪白的骏马,往东方驰骋。

遥远的地平线上,太阳突现万道光芒,绚丽的霞光披在他们身上,披在他们身后千万个营帐上。

那千万个营帐,骤然间万鼓齐鸣,彩灯高挂,彩旗飘扬,人们纷纷涌出营帐,为他们的国君国母欢腾雀跃。

无边的草原上,骏马奔驰。雪白的马背上,她那耀眼的红裘皮大衣,迎风飘起,撒下一路芳香。芳香过处,草肥叶茂,百花盛开,牛羊马儿宛如星汉灿烂……

后记:

公元前三十三年,北方匈奴首领呼韩邪单于主动对汉称臣,并请求和亲。汉元帝尽召后宫妃嫔,王昭君挺身而出,慷慨应诏。此后六十多年,汉匈两族团结和睦,国泰民安。公元前三十一年,呼韩邪单于亡故,王昭君以大局为重,忍受极大委屈,按照匈奴"父死、妻其后母"的风俗,嫁给呼韩邪的长子复株累单于雕陶莫皋。王昭君去世后,厚葬于今呼和浩特市南郊,后人称之为"青冢",碑上所刻"一身归朔漠,数代靖兵戎。若以功名论,几于卫霍同",是对其一生功绩的高度评价。

砖十一

唐丽妮

唐家的榜放了三日，无人敢揭。第四日，忽然就被扯下了。

谁吃豹子胆了？敢揽下这活？盖这么大的祠堂，别说是小小的箩村，就是整个县里，也难找第二家！

揭榜的叫莫子松，一位黑发青须的红脸汉子，目光如炬，身材瘦小。此人是箩村泥瓦匠师前头领黎放的高徒，还是个高不成低不就的主儿。

唐老爷捋捋花白胡子，走进内屋，问太太："莫子松，怎么样？"

"那是你们男人的事啊！"太太微笑着，继续精心修剪一盆文竹。

唐老爷看了看，就出去了。

莫子松还有个条件，工地上的事他负全责，主家不能干涉。他还说为保证质量，每天每工规定砌 11 块砖，15 年交工。

15 年啊！一天 11 块砖！还不要人管！他能盖，唐老爷也不定能应呢。难怪黎匠师过世后他总揽不到活儿！众人哗然。乡下人盖房，少则三四个月，多则三五载，谁有那么大的耐心啊。

可唐老爷应下来。

"阿爸，莫师傅要求要糯米粉！太离谱了吧？"一天，大儿子急冲冲进来说。

"给他。"

原来莫子松是要把糯米粉和到灰浆里，增加黏性。

莫子松招了几十个大小泥瓦工，也不急开工，先讲做活的规矩和工艺，他说，凡事要靠心，用心做，慢工出细活。干盖房的，更得讲良心，弄不好，是给人家挖坟墓！

开工了，他每天早上 6 点必到工地。

先泡砖(头一日选定的十一块砖),并不是十一块同时泡,而是按顺序,哪只砖泡多长时间,他拿到手里,捏一捏,就有数了;

再选砖(选第二日要砌的砖),拿起砖,抛一抛,便知斤两,选出11块上上好的,记上号,叠起来。曾有好事者,把他选的砖放秤上称,拿尺子量。11块砖,块块都是同样的斤两,同样的尺寸,毫厘不差!

接着拌料,称好沙子石灰糯米粉等料,拌均匀,堆木盆内;

拌好料,不急着加水和浆,他喝酒呢。从腰上取下酒葫芦,两腿一盘,一旋风坐在料盆旁,仰起脖就灌,咕噜有声。直喝得双眼迷离,两腿发热,微熏微醉站起米。

"和浆喽——嗨!"猛喝一声,吐口唾沫,搓一搓手,运足气。

灌水。搅拌。腾身一跃,跃入料盆,踩浆!两条结实如木槌的腿你起我落,轻重有韵,踩出了锣鼓般的节奏,从凝重缓慢到轻盈舒展,如痴如醉。而脚下那盆沙子石灰混合物在一双黑瘦脚板的揉搓下,逐渐柔软如泥;

最后砌砖。砌砖前,他照例先灌一通酒,小工执砖在旁候着。两只眼睛这次却越喝越有神,忽地放出两道亮光,提身上墙,唱一句,砖来——。双脚刚点上墙头,一砖已抛上,伸手稳接。立即抹浆,反手便扣,砖刀正括一下,反括一下。11块砖,一气呵成,几分钟搞定。把砖刀往腰间一插,一拍手,腾身跃下。此时,盘龙庙的昏钟准时敲响。回头看那墙,青砖一片,看不到一点白灰浆,只一条条错落有致光滑细小的线,不像是砌的,倒像是画师在画板上画的。再看地上,异常干净,不落一丁点废浆,而那盆他踩熟的浆也刚好用完。

众人无不喝彩叫好!

莫子松要别人也这样做,背着砖刀四处转,眼睛火把般在墙面上照来照去。大工歪鼻二心中不服。歪鼻二在村里泥水行当算个人物,跟莫子松交情也铁。可歪鼻二没耐性,没几天便烦,就由着性子来,一骨碌砌了二三十砖。莫子松默看一阵,蓦地拔刀飞身上墙,像只燕子轻点几下,又飞身下墙,不看人,径自就走。人们好一会儿才回过神来,抬头看,那两三米高的墙上已多了11块砖,连砖缝都看不到!跟歪鼻二那二三十砖一比,简直是18岁的细妹子跟80岁的老太太。歪鼻二的歪鼻子早臊得像只红辣椒,灰头灰脸爬下了架子。

唐老爷闻得莫子松征服歪鼻二之事,慢踱方步,摸摸胡子,颔首道:"嗯,莫子松,十一砖,砖十一,就叫他砖十一吧!"

太太也听说了。太太不言语，微微一笑，跟平日一样叫人往工地送粥。太太从不去工地，可从挖地基那天起，她每天都会下厨房亲自煮一锅粥，叫人送到工地，春冬煮瘦肉皮蛋粥，夏秋煮绿豆粥。可不管是皮蛋粥还是绿豆粥，砖十一好像都喜欢，三大海碗，一气喝个精光。

日月如梭，光阴似箭，一晃就十余年。

唐家祠堂有条有理地按规划施工，十五年后如期完成！站对面盘龙山顶望下来，一座青砖黑瓦攀龙附凤的巍巍大宅，在蓝天白云之下如一只威武的青皮虎，半卧在狮虎山下。

可是，在竣工的爆竹点燃之后，却不见了匠师砖十一。唐老爷命人去找。

家人回来报，砖十一上了盘龙山……

唐老爷摆摆手，阻止了家人，望望对面山，起伏如卧龙的山峰上，苍翠的松林中，隐约露出盘龙庙的一角。

唐老爷背手转身踱入内堂。太太正给文竹浇水。

"他上山了。"唐老爷走到窗前，望着窗外一棵葱郁的古松。

"哦。"太太直了直如水的腰肢。文竹滴下一滴水珠，颤了颤。

"老爷，文竹长新叶子了！"太太又说。

咚——咚——盘龙山上传来一阵钟声，悠扬绵长。

后世人在唐老爷手撰的《唐家祠堂总序》里，看到有记载，祠堂始建于嘉庆二十年，历时十五年，建造者乃箩村名匠莫子松。

美人蛊

明晓东

宫内宫外的灯火齐刷刷亮起来的时候，我正靠在宝座上昏昏欲睡。攻下越国早已是意料之中的事了，看着脚下五花大绑的勾践，我却连一丝胜利者的快感都没有。

伯嚭只知道指挥着后宫的女人们跳舞陪酒，偶尔掠夺几个越国女子来讨取本王欢心，伍子胥只知道讲他那些高谈阔论，喋喋不休地总是劝说本王赶快杀掉勾践以除后患。可是谁又知道，我的心里究竟想要的是什么？

"临水浣纱兮／长袖随波流／壮士舞剑兮／逐云追月去／日日盼君兮／我心君未知……"

那一日，范蠡饮马川上，说是要带本王去欣赏田园风光，那鬼鬼祟祟的眼神，我一下就明白了，他大概又和伯嚭商量着给本王找到什么乐事了吧。这个勾践昔日的谋士，自从投奔过来我就鄙夷这家伙的为人，整天跟着伯嚭，处处商量着怎样讨本王的欢心。

伯嚭在左，范蠡在右，伍子胥紧随身后。沿溪而上，我就听到这美妙的歌声。转过一个山头，眼前豁然开阔，歌声也越来越清晰。顺着范蠡的指引，我看到了水边一个浣纱的女子，波光粼粼处，倒映着一张美丽绝伦的脸庞，一双圆润如玉的胳膊轻轻舞动，连天上的流云也都凝然不动，停下来欣赏这美若天仙的女子。我的心一下子仿佛被人插进了一枚隐形的毒针，柔柔地疼了起来。一路上，岸边的柳丝飞舞，田园里风景如画，我都视而不见，我的心里只烙上了那个女子如凌波仙子般美丽的影子。好在，范蠡告诉了我这个美丽无双的越国女子名叫西施，这个精于心计的范蠡看样子的确比伯嚭更懂本王的心意。

现在，拥着西施滑如凝脂的身体，闻着西施香如兰蕊的娇喘，我终于感觉到了前所未有的满足。本王坐拥吴越万顷土地，万众子民无人敢侧目睥视，虽有后宫三千佳丽争宠，可我并不快乐。从看见西施那一刻起，我就忽然明白了，自己不缺女人，但从未爱过女人，我缺的是一生刻骨铭心的爱情。这些，伍子胥知道么，伯嚭知道么？这两个蠢材，除了杀人和献媚，是不会懂得本王的心思的。

拥有了西施，我就拥有了全部的快乐。这个全天下最美丽的女子，对本王却是如此的体贴。知道我懒得去杀掉勾践，就出谋献计让本王装病唤来勾践品尝粪便，试探对我的忠心。看着勾践像一条狗一样痛快地品啖着本王的粪便，我的心里越发感觉不出一丝快意。自从有了西施，本王早就对战争失去了兴趣。我的心里，现在装的不是万里疆土，而是一个女人，一个让冷酷、无情、残暴的夫差内心有了一丝柔软的疼痛的女人。不顾伍子胥的阻拦，我放掉了勾践。

如冰雪般聪慧的西施真是深谙本王的心思。自进宫以来，便将溪边浣纱的一幕排练成舞，舞到酣处，连宫内报信的鸽子也停下来，静静地落在宫檐上，欣赏着西施美若天仙的舞姿，还不时舞动着洁白的翅膀助兴，那一幕总能触动我内心深处最柔软的地方。

伍子胥真是越来越放肆了，竟在西施酣舞之际擅闯后宫，劝本王杀掉西施。这个老朽，难道就不知道，杀了西施就等于割了本王的心么？见我不听他无休无止的聒噪，竟敢拔剑直指西施，害得本王只好安了个罪名，把他押进地牢。谁知这个伍子胥，在地牢里都不肯悔过，还口口声声骂我昏君，我只得忍痛杀了他。

三年大旱，勾践从越国送来的稻种都颗粒无收。而我却感觉这三年给我三百年来换我都不愿，因为我拥有了天下最美的女人，拥有了内心最美妙的感觉，这就是爱情。越军闯进宫殿的时候，我正紧紧地搂着西施，我宁愿被乱刀砍死，也不愿我的西施离开我。可是我还是被越军捆绑起来了，眼睁睁地看着西施从我怀里挣脱，离我而去。我征战一生，被我宠幸过的女人无数，在最后一刻却失去了我唯一爱过的女人。

残阳如血，远处的山峦飘起淡淡的薄雾，一如我对这个世界最后一丝眷恋。刑场上戒备森严，林立的士兵如密不透风的树林。勾践问我最后的愿望是什么，我对他说不要伤害西施，放她和范蠡走，我看见了勾践疑惑的眼神，他一定在奇怪我为什么落到这个地步竟然一点也不恨西施。其实这一切我都是明白的，勾践这个小人，他和范蠡合谋用西施来蛊惑我，他们买通伯嚭,借我之手除掉伍子胥,包括他舔着苦胆咬牙切齿地骂我,我都知道。我还知道杀掉我吞并吴国之后,他一定会找借口除掉西施和范蠡,这一切从我在溪边遇到西施的时候就已在意料之中了。

"临水浣纱兮／长袖随波流／壮士舞剑兮／逐云追月去……"熟悉的歌声传来,浩渺的太湖上一楫轻舟飘来。范蠡手指长天,西施端坐船头,如水的目光向我荡漾而来,我欣慰地笑了。我看见了西施的眼里闪过的一丝愧疚,我的心情突然像长空的流云一般舒展开了,我知道虽然西施爱的是范蠡,但只要她对我有过哪怕是一丝眷恋,我也会幸福地死去。

目送载着西施和范蠡的小船在烟雾中远去,我回过头来痛快地对勾践说,动手吧。我看见了勾践疑惑的神情。这个愚蠢的家伙,他不明白爱情是一杯毒蛊,就在喝下的那一刻起,我就不想再与他争霸了,只要他愿意,全部的吴越江山我都会给他。我要的,只是一生刻骨铭心的爱情。只是勾践不懂,伍子胥不懂,伯嚭更不懂。

刽子手的刀扬起来了,喀嚓一声响过,我的头颅飞出身体,在空中划出了一道优美的弧线。我睁大了眼睛向西施离去的方向望去,只看到了夕阳在水面上涂满了血一样的颜色,这景色好美好美。

姐·妹

谷·凡

姐

风起，树上落下几片黄叶，有一片正好落在她的脚下。她弯腰捡起那片叶子，发现叶子有一多半还是青的。不知为何，她又开始剧烈地咳嗽。宫女们见她弯腰，匆匆朝这边走来，她却摆了摆手让她们退下。好久没走出过宫廷了，猛然间看到眼前的景色，竟多了些陌生。她的身体显得单薄，没有血丝的脸上转动着一双饥饿的眼睛。

一口血，从她嘴里吐出，使那原本闭合的双唇更加楚楚动人。作为南唐宰相的女儿，她曾感到自己是幸运的，因为她可以依自己的才貌和地位入宫，见到那个令她心醉的皇帝。他懂音律、精诗词、善绘画。他是一个少见的皇帝。她希望在他身上看到家国的兴旺，尤其是当她做了他的皇后以后，更是希望他能安邦定国。

她的视线越来越模糊，手和叶子不停地在她眼前翻动，那修长而且白嫩的手指，像是蠕动的虫，让她感觉有点怕。记得刚进宫时，她也怕过，但那时她怕的时候总是可以找他去寻求安慰，她觉得那时他是她的一切，和他在一起，她感觉幸福，他总可以让她很开心。为了讨他欢心，她创造了一种"高髻纤裳及翘鬓朵"的宫妆，每每她以此妆出现在他面前，他总是赞不绝口。作为女人，她感觉自己拥有了一切，这一切像流水一样清澈纯净。

寒冷轻射到她的身上，如若没记错，现在还不到冬天，可天气却特别冷。她不禁打了一个寒战，拿叶子的手抖了抖，眼睛里藏的是无尽的忧伤。那首他所填的词还未等她谱出新曲，那令她振奋的情感就冷却了。

一只鸟鸣叫着从她的头顶飞过,她想看清鸟身上的羽毛是什么颜色,可她费了很大力气还是看不清楚。鸟飞远了,只有鸟的叫声在她的头顶盘旋。那个令她爱慕的皇帝,顷刻间化为乌有,留给她的只是哀叹和失落。突然,她似听到鸟在说话,那鸟分明在说:"一个整天纵情声色、荒废政事的皇帝,不值得你去为他流泪。"第一次,她把头低下了,而且低得很深很深。不知为什么,她又想起了那天的事情,她曾下决心不再想,可是,却无法控制地又想起来了。

那天,大概也是有风的,一群花枝招展的女子向她跪拜,其中,居然有她的妹妹!她问妹妹何时进宫的,妹妹回答已经数天。看着妹妹不知哀愁的脸,她吐出了第一口血。所有的人都说她病了,却说不出她因何而病。她强忍泪水转身走开,她忘记了那腿是如何迈开的,只感觉心里流了很多血,那血胀得她很痛。

又一口血,她吐在了那所谓的御床上,鲜红鲜红的血。从此,她的脸不再向外,任旁人如何说如何劝,她都不再见他。她知道,这一生的美好都结束在那一刻了。她痛苦,想抓下一把天来问一问,问一问她做错了什么?妹妹今年才14岁,14岁的妹妹眼睛里什么都没有,只有梦和画。她知道,他会给妹妹与她一样的欢笑,也会给妹妹与她一样的痛苦,最最让她痛心的,是她不能告诉妹妹这一切。

她怨恨自己世故,假若当初不选择进宫,所有的一切都不会发生,她心里对他的渴望将会伴随她老去。又是一阵剧烈的咳嗽,又是一口鲜血,从她那想声讨世界的嘴里喷出。她感觉眼前漆黑一片,她努力想睁开眼睛,看一看这个曾让她恋慕过的地方,但她什么都没有看到。她知道,这一刻终归要来临,她吐尽了最后一口血。这口血是为他,也是为自己,更是为妹妹。

……

秋风多,雨相和,

帘外芭蕉三两窠。

夜长人奈何?

历史曾这样记载这个女人:周娥皇,南唐后主李煜的皇后,通晓史书,善歌舞,精谙音律。964年周皇后病死,时年仅29岁。

妹

　　月亮升起,房中略显凄凉。他抓着她的手还未松开,来人却在外面一声声催促。她的心里来了些激动,她精心为自己梳洗了一番,当初,她第一次见到他的时候也是这样精心梳洗的,尽管当时她想到了姐姐,但那颗被俘获的心已经受不得半点儿委屈。她知道这样会伤姐姐的心,可即便她不这样做,姐姐的心同样也会被别的女子所伤。

　　她从不曾有过悔恨,即使现在,她同样不悔恨。让她失去姐妹情得来的男人,而今已经变成亡国奴,他的那些词,就算能流传千古,也救不了他的国家。不知从何时起,在她心中已升起另一个英雄的名字——赵匡胤。

　　她跟随来人走进宫殿,这是英雄第一次召见她,想必她的容貌他是早有耳闻。想到此,她微微一笑。她要让他欢欣,让他像他一样离不开她。宫殿里的设施与原来她所住的截然不同,这里少了许多的诗情。英雄对她的征服是不需要过程的,她的走动和坐姿都流动着柔情,她希望英雄能给她带来辉煌,因为她的生活是不能缺少这两个字的。她知道,只要她能见到英雄,她的一切愁苦都会结束。那个爱她也是她爱的小后主,不,应该是违命侯,此刻正眼巴巴地望着她走出门庭。

　　与英雄的相见是很简单的,她一到,英雄就喝退了左右。英雄的手很重,抓得她有点痛,但她嘴角依旧含着笑,甜蜜地闭上了眼睛。那种前呼后拥的生活,重新回到她眼前。她相信英雄能给她带来一切。

　　英雄召见过她后,又把她送回到他的身边,虽然她不想回,但英雄这样决定,她就得服从。服从,此时成了她的一种义务。

　　从英雄那里回来,再见到他时,她有点儿不好意思。他依旧在写那些思念家国的词。他问那个仇家叫她去做了什么,她只是笑而不作答。距离,他和她之间顷刻间有了距离,他们的沟通也开始困难起来,她看到了他为她而流出的眼泪,但这已经不能再令她感动,相反,她觉得他的眼泪是不应该流的。他们不再谈论有关英雄的话题,就像当初避开姐姐一样。她突然想起,他对姐姐的爱也是很深的,记得姐姐死时他亲自写了诔文,"绝艳易凋,连城易脆",每想到此句她都会心生忌妒。现在,那些忌妒已经没有了,她倒希望他能多想想姐姐,少和她说些话。

　　又是一个夜寒风冷的时刻,她又被英雄召到宫里。她想说,给我一间房,一张床,让我永远地伴你。可话到嘴边,她又收回了。这是第几次被召见,她已经不记得了,她知道留下陪伴英雄的日子不远了,所以,她就耐心地等。那个只会写诗词的他在她心里越来越渺小。

那天,英雄派人送来了暖酒,命令他们二人共饮此酒。她心里说不出是惊是喜。此刻,她看到窝了一冬的太阳,从窗户里洒进几许光。当她看到他饮酒后猛然倒下,心沉了一下——怎么可以?那个英雄……

她不明白,英雄做的很多事她都不明白,她一直以为英雄会对她好,因为她对英雄也好,她甚至后悔和后主一起的生活。她以为英雄会看在她陪过他的分儿上放过她,可现在……她猛然间想起姐姐在宫里第一次见到她时的眼神,那眼神不是怨恨,也不是忌妒,那是什么样的一种眼神!

当她同样倒下的时候,眼前出现的不是英雄也不是后主,而是姐姐。自从她进宫陪伴在后主身边以后,姐姐至死而脸不再向外,不再与他相见,直到吐血而死。姐姐心里该是多怨恨呀!她知道,也许换了别人,姐姐不会这么怨恨他,可自己偏偏是她的妹妹。

房间里的光线越来越少了,她不想倒下,她还年轻,她希望自己能有做母亲的那一天,但她倾心的两个男人,却没有一个人能满足她的愿望。她没想到,那个为她建"柔仪殿",让她伤了姐妹情的小后主,最后给她带来的居然是死亡。更没想到她心中的那个英雄,那个被万人朝拜的宋太祖,最后给她带来的是耻辱,是完结性命都抹不去的伤痛。

金雀钗,红粉面,

花里暂时相见。

知我意,感君怜,

此情须问天。

……

历史同样记载了这个女人:周氏,昭惠皇后周娥皇的妹妹,南唐后主李煜的皇后。978年后主死,小周后不胜悲伤而死,时年28岁。

家 族

谷·凡

他被迫离开山顶家族，他原本是这个家族中的王子，在这个家族中，上上下下对他都是喜爱的，因为他是猴王的儿子。但是，意外发生了，他的父亲老猴王战败，那个又凶又狠的家伙取代了他。他的家族被侵占，新猴王强迫他离开，一分钟也忍受不了他在家族中存在的情景，虽然他的母亲哀求过新猴王。

新猴王不准许年幼的雄性猴子留在家族中，因为这会给他带来威胁，尽管他还很小，生活勉强能自立，但新猴王仍旧不放过他。他走的时候，没能和自己的母亲告别，还有那个和小裤子经常玩耍的山洞，他也没来得及去看一眼。新猴王的凶让他毛骨悚然，他真希望自己能打得过他，从这高高的山顶上把他推下去。但这样的想法近乎荒唐，老猴王那么英勇善战，都被他打败了，自己哪里是对手。

起初的几个夜晚，他还在山顶家族周围的地方活动，但新猴王一旦发现就会没命地追他，那次若不是他身体小跑得快，真就没命了。

夜晚的时候他学会了一个人躲在树上睡觉，然后远远地望着家族的方向发呆。他不知道自己该怎样生活，离开了群体，他感觉自己是那么的孤独。他想母亲，想小裤子，想和他一起玩耍打闹的姐妹们。

他就这样被驱逐离开了山顶家族，开始过一个人的日子。饿的时候，他就为自己找点吃的，有时一连几天也找不到。在家族里生活时，他从不想这些事情，可现在，如果他不想，就会被饿死。

为了能找到更多的吃食，他离山顶家族越来越远，他甚至到了有人居住的村子里，偷吃他们种的香蕉，或是其他可吃的东西。天黑的时候，他就躲在一个破庙里，听着雨声，然后流眼泪，想母亲，还有小裤子。

他吃得越来越多,身体也越来越大,他发现自己离开家族已经很久了。他长大了,已经不再是一个孩子,他想去挑战那个占领他家族的猴王,在没有挑战之前,他想先看一看自己的能力。刚好那天他遇到了红唇,红唇是废墟家族里的成员,有几次他混在这个家族里去偷东西吃,这家族里的首领居然没有发现他,但红唇注意到了他,她却没有赶他走的意思。红唇,多像当初自己的母亲,温柔,善良。

接近红唇,并在这个家族里取得地位。这个想法一出现,吓了他一跳。他开始有目的地接近红唇,很快,他发现红唇的肚子里有了他的骨肉。挑战废墟家族的时刻到了,他知道红唇和她肚子里的孩子会给他带来很多力量,会让他英勇,让他胜利。

也许是废墟家族的首领真的老了,也许自己真的英勇无比,总之,那天的决斗并不惨烈。他成了废墟家族的首领。

他带领废墟家族到处觅食,他也想找个山头,使这个家族安定下来,但家族里的一些成员似乎不习惯安定的生活,他们习惯住在离人并不很远的地方,很容易偷一些人们种的东西吃。可他觉得这样太危险,他希望废墟家族像他的山顶家族一样,有个安定的居所,规范的觅食领地。时间又过去了很久,他费了一些事,终于把废墟家族拉了出来,找个离山顶家族不远的地方住下了。

闲暇的时候,他喜欢远远地望着山顶家族发呆。山顶家族已经不属于他了,小裤子早就做了母亲,她和她的孩子们很安静地在那里生活,她也许忘了曾经和他一起玩耍的那个山洞。

那天,他决定到山顶家族领地看看,看看自己的母亲还有小裤子。他去了,没有谁注意他,也没有谁追赶他,更没有谁认出他。他老得已经对这个家族没有了威胁,和他最要好的小裤子也没认出他。那天他没有看到母亲,小裤子只在那里看护自己的孩子们,一点没注意到他走近了。

他没有哭,眼泪已经被他用完了。现在的他已经老了,他的孩子们已经长大了,废墟家族里的成员对他的需要越来越小了。他必须悄悄地离开,然后在一个什么地方老去。他不想告诉红唇自己的想法,他从来也不曾和红唇有过沟通,他要悄悄地离开,到那个他和小裤子玩耍过的山洞里去。

小裤子,他想到小裤子时,心里总是甜甜的,尽管她已经不记得自己了。

陶渊明

曾 平

陶渊明很想做官。

他到彭泽任县令后,他不再念"采菊东篱下,悠然见南山"。他高吟"长太息以掩涕兮,哀民生之多艰。"

陶渊明很想做个好官。

陶渊明已经接到上司好几叠大红请帖。老太爷老夫人祝寿小姨妹小舅子结婚生孩子送礼的时候太多太多。他借故到基层搞调研,推了。这次他无法推。上司已经威风凛凛地跨进他的衙门了。

上司说:"我用请帖是给你面子。其他人我从不用请帖。你不同,你是诗人。"

陶渊明大喜,说:"大人,诗,卑职有的是,你需要什么,我马上送。陶渊明吩咐小厮快快取诗稿来。"

上司摆摆手止住,似经过深思熟虑。上司语重心长:"你这个岗位,我可以卖好几千两银子啊!"

上司不要诗,要银子,上司到上边打点娱乐吃喝楼台馆所香车宝马拥红揽翠需要很多很多银子。

上司把手伸向陶渊明。

陶渊明慌了,连忙说:"大人,我每月只有五斗米啊!"

上司哈哈大笑,说:"谁要你的五斗米啊?"

上司问:"你不会伸手?"

上司说:"我向你伸手,你不会向下边伸手?"

陶渊明大汗淋淋,说:"手一伸,我的心就没有了,没有心,我的诗就没有了。"

上司哈哈大笑，差点把泪笑出来。上司说："心有鸟用！诗有鸟用！银子有用，权力有用！"上司问："懂吗？"

陶渊明摇着头，说："不懂。"

上司挺有耐心，说："你先别表态，晚上再仔细琢磨琢磨，明天再回话不迟。"

陶渊明把着一盏酒，对着闪闪发光的彭泽大印冥思苦想。时间似乎死了。陶渊明不明白，自己的心为什么钻进大印中始终不愿出来？

……

鸡鸣，划破夜的静寂。陶渊明长长地叹了口气，把彭泽县的大印高高地悬在大堂的梁上。

陶渊明始终不明白，为什么自己凝望那高悬的大印久久不忍离去呢？

为什么有泪如雨般从眼中轻轻飘落？

陶渊明干脆找来一张凳子，坐下来，静静地守着烛光和夜色沉思。

慢慢地，陶渊明醒悟了。原来自己老在想：我走了以后，来的那个人会怎么样呢？

范仲淹

曾　平

落日长烟。衡阳雁去。羌笛声里，范仲淹打马归来。

马背上，驼着一摞摞十万火急的军情、民意和矛盾。范仲淹的长须随着飘飞的思绪在秋风中狂舞，腰间剑，跳跃着呐喊和嘶鸣。

范仲淹的沉思和他脸上的沧桑一道成熟。

一道道关于改革的奏章酣畅淋漓地倾洒在秋风的跋涉里。范仲淹目光如柱，笔走游龙，他坚信，语言文字比宝剑还能治国、富民、安天下。

范仲淹用自己的眼睛和烁烫的报国心去敲同僚的门。同僚们都拍案叫绝，妙啊！锦绣华章啊！

范仲淹不懂，为什么要赞叹文章呢？为什么不读读文章背后的那颗心呢？

范仲淹请同僚们签名，联名上奏。"革故鼎新""舍一心之私，示天下之公"，大家读得滚瓜烂熟了，赞叹和钦佩已让奏章更加沉甸。范仲淹的眼满含期待。

同僚们都说："签什么鸟名啊！我们的名字有你范大人的含金量重？到时我们全力支持你就是！"

范仲淹义无反顾，赤诚印在通向皇宫的台阶上。他呈上奏章。

皇上瞟了瞟折子宣布退朝。如此大事，他要和皇太后、皇族和舅子、姑爷、老表们商量。

皇太后说："祖宗之法不可变啊！"

皇族诸王说："改革就是利益再调整，调整我们，不干！"

舅子、姑爷、老表说："我泱泱中华，对外开什么放，我大宋江山还姓不姓赵？"

龙颜大怒,拍着范仲淹的奏章咆哮起来:"改什么鸟革!什么'君臣共理天下'?荒唐!我的位子你范仲淹来坐?笑话!"

范仲淹的血和泪不住地涌。他昂起头颅,激情和眼泪一道奔腾咆哮。

皇上哪容他胡言乱语。两个武士很快摘下他的官帽,架了出去。

大臣们齐刷刷地跪下,高呼:"皇上英明!改什么鸟革!"

皇上笑了,抓起范仲淹的奏折,说:"你们看看吧!这个书呆子,这狗屁东西。"皇上把折子掷向群臣。

折子飘飞下殿。

突然,皇上的心像被什么重重地撞了一下。是一道明晃晃的光。

亮光的那边,是一行行文字。

文字也能闪闪发光?皇上惊了。

是"先天下之忧而忧,后天下之乐而乐"。皇上奇了,奏折什么时候变成了一篇酣畅淋漓行云流水般的《岳阳楼记》呢?

皇上笑了。

皇上连忙喊:"快!快把范大人追回来!"

太监赶忙急匆匆追出去。

但范仲淹已经走得很远很远了。范仲淹长长的叹息响彻在京城的天空:"噫!微斯人,吾谁与归!"

晚上,京城的天空下起一场雨。老百姓说,那是泪啊!

收集民情的太监不敢把这事报告皇上,雨就是雨,泪就是泪,错了,要杀头的!

世界第五大发明

朱道能

素有"发明大王"之称的王教授，经过九九八百一十天潜心研究，发明了一种名叫"OK万能测谎仪"的新产品。观其形，不过遥控器大小，只需要你把被测对象的扫描入镜，再输入检测内容，面对面地一按"OK"键，就能破天下之大谎，万无一失。

随着被誉为"第五世界发明"的产品被源源不断地推向市场，各大报纸的新闻版面，几乎都成了"测谎仪"的新闻专版：《模范夫妻人人夸，一测方知都有"家"》《十年逃犯不知情，一测之下显原形》《反贪局长去反贪，仪器一测先完蛋》……

一时间，连街头烤红薯的都在叫卖："测谎仪哦，烤红薯——"人们见面的第一句话，也从以前的"你吃了吗"变成"你测了吗"。

与此同时，王教授的工厂，也以一天一家的速度，向世界各地无限扩张。踌躇满志的教授夸下海口：十年内成为世界首富。

然而，教授却惊讶地发现，在一片火爆的情形下，国内的产品销量，反而像坐了滑梯一样，一泻千里。

疑惑之余，教授决定微服私访，亲自到市场探个究竟。

在一家生意火爆的"测谎仪专卖店"门前，教授观察一会，心中便明白了几分。等一拨顾客散去，他就走上前去。

"老板，给我拿台测谎仪，正宗的——"

老板一愣："正宗的？为什么不买假的呢？"

教授压抑着愤怒，反问道："假的？假的怎么能检测妻子出对我是否忠贞？"

"呵呵"老板笑了，"那更要买假的呀！你想想，你可以用它测出妻子的真假,妻子不也同时可以用它查出你的猫腻吗? 这样一来,你岂不是引火烧身吗?"

正说着,又来了一群人。付了真钱,买走假货。心照不宣,配合默契。

教授越发不解了:"既然如此,那就不测得了。可为何还有这么多人,来花这份冤枉钱呢?"

老板意味深长地笑道:"现在的社会,那个人心中没有一点鬼? 这测谎仪一出来,便闹得人人自危,个个害怕。总担心有一天,别人拿着测谎仪,对着自己一按 OK……所以,与其坐以待毙,被动挨打,不如买个假仪器,主动自检,以示清白。于是大家就彼此照搬,买个心安……"

教授惊叫一声:"这岂不是借科学之名,行欺骗之实吗? 如此一来,这项伟大的发明,还有什么实际意义呢?"

老板闻言,也一下子激动起来:"伟大个屁。这个王八教授,研究什么不好,偏研究这样害人的玩意,把一个稳定和谐的社会,搅得人心惶惶,鸡犬不宁……我当初就是堂堂的大学博导,就因为学校拿这坑意查出我学术造假,老婆查出我与学生有染,所以才落到现在这个地步……"

教授沮丧地回到公司,一脸焦急的秘书推门而入:"不好了教授,刚才内线打来电话,说税务局马上过来查账——"

教授眉头一皱道:"慌什么慌? 咱们的账走得天衣无缝,他们能够查出什么来?"

秘书苦笑道:"教授,你忘了吗? 他们手中可拿有咱们公司生产的测谎仪啊……"

教授一下子瘫倒在沙发上。

呆坐了许久,教授这才缓缓地站起身,打开墙角的保险柜,从里面拿出那只无人知晓的"解码器",然后,一闭眼睛,狠狠地按了下开关——在这一瞬间,所有国内版的"OK 万能测谎仪",全部解除了"OK"功能。

守株待兔之爱情篇

　　陈·勤

　　第一眼看到她时，她的美貌便深深地印在了我的心里，我固执地认为，她就是我今生要娶的新娘。后来我才知道，她是郦村周围方圆百里最美的女子，爱慕她的小伙子如果手牵着手，可以绕她村子一圈。得知这个消息时，我十分沮丧和焦躁，因为我长得不算帅，家境也不过一般，我甚至连托人上门提亲的勇气都没有。

　　那只小兔撞上树桩时，我正趴在草丛中欣赏她的背影。她的背影是那样的婀娜、秀美，在夕阳的照耀下，就像误入尘世的仙女。"咚"的一声，我和她都被惊动了。她转身看见了我，而我则看向了兔子。"可怜的小兔！"我走过去把它抱起来。这是一只白色的小兔，它的头撞在了坚硬的树桩上，撞破了皮，血汩汩地往外流着，染红了它雪白的毛，也染红了我的衣服。"有没有手绢？"我问呆愣在旁边的她，她迅速从惊愕中清醒过来，摸出手绢，递给了我。我们一起为小兔清洗、包扎了伤口，又把它抱在怀里，温暖它失血的身体。

　　也许是对小兔的共同关怀拉近了彼此的距离，我们像老朋友一样亲切地聊起天来。她告诉我她是到这里来透气的，因为家里的空气太压抑了。父母整天为她的婚事操心，每天忙碌地比较那些提亲者的财产、地位、官职、长相、年龄以及其家族的势力等，他们常常发生争执，父亲偏向于地位高的，而母亲又喜欢财产多的。他们叫我选，我连谁是谁都分不清楚，怎么选。她苦恼地说。

　　其实我觉得两个人如果能够先彼此见几回面，有一些了解，再考虑婚嫁，应该更好。在这个父母之命、媒妁之言的年代，我大胆地抛出了自己的新想法。"是呀是呀，我也觉得是这样的"她拍着手，可是随即她又不高兴起

最具想象力的叙事美文·深夜里游走的路灯

来，"父母哪里会任由我这样胡来！"她撇着小嘴说。

那你就先不要答应任何一门亲事，拖个一年半载，让你父母着急了，再说出你的想法，兴许他们就同意了。我说。

也好，她点了点头。

为了逗她开心，我讲了15个笑话，有些是我听来的，有些是我编的。她开初还笑不露齿，后来就撑不住了，张开樱桃小嘴，一边笑一边用手捂着肚子。你真可爱，她说。听了她的赞美，我心里就像喝了蜜一样甜。

以后你可以天天到这里来，分别的时候我对她说，来看看青山，听听鸟语，闻闻花香，你的心情就会好了。

好的，她点点头，那你来吗？

一定来。我坚决地说。

我把兔子带回了家，因为家里有药，谁知刚到家门口它就死了。没办法，我把它交给了父母。看着这只肥嫩的小兔，父母眼里放出了光芒，他们原谅了我草筐里的稀薄，并且鼓励我明天继续去打野兔。我告诉他们兔子是自己撞死的，并且明天我还要去等它们撞死时，他们将信将疑地看了我一眼，同意了我的请求。

晚上，我们吃了一顿鲜美的兔肉。

第2天，我和她在昨天那个地方见了面。这一次，我不仅给她讲了笑话，还给她背诵了诗经中的"关关雎鸠"。

第4天，我偷偷带去了我做的烙饼，她吃得很香。

第10天，我们并肩坐在草地上，闭着眼睛倾听风吹过的声音。

第20天，我们手牵着手，和一只灰色的调皮的小兔做游戏。

村里关于我守株待兔的故事已经传得沸沸扬扬，村民们都笑我傻，父母则骂我笨。他们只看见我每天空手而归，却不知道我享受了怎样美好的过程。

守株待兔的第35天，我不再空手而归，而是带回了一个美若天仙的姑娘。姑娘对我父母说，她在路上遇到坏人，幸好我救了她的命，她已经禀告过父母，愿意以身相许。

成亲那天，看热闹的人踩坏了我家门口两块地的庄稼，人们都在感叹、嫉妒着傻子有傻福，同时又恶毒地将我守株待兔的故事演绎、传播，以至于最后不仅传出很远，还被错误地加以白纸黑字。

天宫秘史

徐志义

去西天取经的路上，历经九九八十一难，难难所遇妖魔鬼怪，都是为争吃唐僧肉长生不老。孙悟空的火眼金睛已经看出，师傅的肉体和一般人一样，根本不存在吃了唐僧肉长生不老，吃了唐僧肉长生不老是有人造的谣。这个谣言是谁造的呢？孙悟空认定是天上的哪个神仙，因为所遇到的最难对付的妖怪，不是那位神仙的坐骑，就是这位神仙的狮子，还有如来身边的老鼠，观音莲花池里的金鱼。于是，孙悟空给玉皇大帝发去电子邮件，强烈要求揪出造师傅谣言的神仙，给师傅辟谣，扫平取经道路，要不然，他就要再闹天宫！

玉皇看了电子邮件，十分重视，要作为头等大事处理。他立即吩咐把邮件打印出来，先给王母娘娘看。王母娘娘看了不悦，问玉帝："你怀疑是我？"玉皇忙说："哪里哪里，你的宽怀仁慈我能不知？你哪会做出此等劣事！我是先和你商量，赶快找出造谣的人，给唐僧辟谣，一来保他们师徒取经路途顺当，二来好不要那泼猴再来天宫打闹。""还有三呢？"王母瞪着眼问。"娘娘，这是大事，不可小肚鸡肠！"见玉皇生气，王母就不把三说破了，指着孙悟空发来的邮件说："那猴子不是已经指出来了吗，是哪个神仙，你还偏来问我，你生气我还生气呢！"玉皇说："那好，召开神仙大会，问是哪个造的谣言！"

通知发出，东海龙王，西天如来，南海观音，太上老君，月宫嫦娥，还有托塔天王、弥勒佛等各路神仙来到，先传阅孙悟空的电子信件。坐在上首的玉皇还在和王母咬耳朵，底下已经吵将起来，你怀疑我，我怀疑你，互相指责。因给弥勒佛敲打乐器的黄眉童子遁身取经路上的小雷音寺冒充如来搞坑蒙拐骗，如来特别嫉恨，现在如来一口咬定谣言是弥勒佛造的；弥勒佛反咬如来说："你如来号称西天最高领导，却勾结黑社会，收编恶魔大鹏、白象、青狮占据狮驼铃，祸害狮驼国，要吃唐僧肉，你不说吃了唐僧肉长生不老那些恶魔咋会知道?!"这边攻讦不可开交，那边儿又打起来：太上老君曾向观音菩萨讨过金鱼，观音知道这老头好色，一直对他存着戒心，不想和他搭关系，婉言拒绝。老君这会儿发泄报复，说是观音放她的金鱼下界成精吃唐僧肉，谣言肯定是观音造的！观音上去扇了老君一耳光，说你老君的坐骑青牛占据取经道上的宛子山波月洞，抢公主、吃儿童，为非作歹，无恶不作，这又要吃唐僧肉……老君捂着脸大喊："岔了，你说岔了！青牛是玉皇帐下的大将奎木狼!"众神皆惊，更是嚷嚷。观音见说走了嘴，颔首念佛。

玉皇见引火烧身，弄到他头上，"啪！"地拍了玉案，声色俱厉地说："这么说是我造的谣了？呵？都给我住口!"众神仙这才觉得失态，一个个傻了脸，都把求助的目光投给了王母娘娘。王母娘娘是个贤内助，一向慈悲为怀，深受众神仙的尊重和信赖。玉皇动怒，众神尴尬，王母说话了："众神仙都有放任手下的过错，今后对秘书呵，司机呵，还有身边儿的工作人员要严加管束，不能再犯。至于那猴子说的那个谣言，我看不会是在座的哪位造的，要是也是小人造的。会这样开下去，我看就大水冲了龙王庙，一家人不认一家人了。"众神见王母出面解围，一个个起身作揖，说王母贤明！玉帝不由有些妒意，质问王母："照你说，这个小人又是谁呢?"王母不语。玉帝又质问众神，众神又都哑口，都看王母的脸色。

王母说："玉帝呀，小人就更难找了，要我看有个简单的办法，不知是否可行?"玉帝说："尽管讲来!"王母说："也不必非要找出造谣的人，把那唐僧召来，从他身上割一块肉，让凡人一吃，是不是谣言不就知道了……"王母刚说到这儿，嫦娥"哇"一声就哭了，哭着说："王母说的使不得，使不得，太吓人了!"王母心知肚明，瞥她一眼，轻蔑地说："小样儿!"就一本正经地问嫦娥："我说的使不得，你可有好的办法?"嫦娥擦着眼泪说不出。

众神都说，王母说的是个好办法，好办法！众愿难违，就把唐僧召了来。嫦娥心疼得已经昏倒，抬了出去。

唐僧一听要从他身上割肉检验谣言，先就怕了，跪在地上一迭连声地说："不中不中!"玉皇问唐僧："你是怕疼?""不是。""那你怕什么?""吃了我的肉长生不老是假的。""你怎么知道?""我，我……"唐僧看看众神不敢说。玉皇朝众神挥手："退下!"

众神离去。玉皇再问唐僧："众神里是哪个造的谣？你快说来。"唐僧跪在地上双手捂着脸说："谁也不是，是，是我。"玉皇大吃一惊，要他抬起头来。唐僧抬起头来，满脸流泪。玉皇质问："怎么会是你呢？你为什么要自己造自己的谣？"唐僧如实说："我的三个徒弟个个身手不凡，武艺高强，可他们不是我带的，都是外来的，我何以服众？我就把自己神化，说吃了我的肉可以长生不老。没想到，遭罪了。"

玉皇听了爱恨交加，又疼又怜，说："你可知道，说谎犯了佛门首戒，再降大任磨炼你，也成不了佛啊！此事不可再对任何人讲，去吧！"

玉皇立即通过卫星电视、因特网广泛发布：制造吃了唐僧肉长生不老谣言的白骨精已被打死！

看《西游记》，人们只知道唐僧是如来弟子，金蝉子化身，就没看出唐僧的富态像玉帝，白净似嫦娥。

地铁里的笑

[日本]筒井康隆 著

李重民 译

高峰时段的地铁里非常闷热。

不仅仅只是温度,湿度也在持续上升。乘客们全都汗流浃背,不停地喘着气。具有讽刺意味的是,车内吊环上的招贴画是冷气设备的广告。那个冷色调的招贴画仿佛嘲笑似的冷眼望着在热气和湿气中如闷蒸一般的乘客们。

在冷气设备广告的边上悬吊着的招贴画,是一个化妆品的广告。这是一幅抽象画。文字只是在白底上用红色进行网格化的化妆品名字和公司名,其他地方都是用深蓝色的圆形、四角形、线条组成。怎么看也不像是一幅具有宣传效果的招贴画。

但是,乘客们站立在通道上挤得密密匝匝,眼睛没有什么东西可看,就有意无意地抬头望着那幅招贴画。

一名乘客突然窃窃地笑了起来。怎么回事?周围的乘客们都看着他。

这名男子望着抽象花纹的招贴画不停地窃笑着,不久便张开大嘴哈哈大笑起来。

乘客们都不知道这名男子为什么笑。也许是热得精神失常了。或许是在他注视着的吊环招贴画里发现了别人没有领悟的幽默,才忍不住笑了起来。他不停地笑着怎么也停不下来,边上的男子按捺不住心中的好奇,便悄悄地问他。

"喂,我喊你呢。什么东西这么好笑?"

男子依然笑着用下颚示意那幅招贴画。不!好像是对着问话的男子用手指了一下。总之,他的笑没有停下来的模样。

"那幅招贴画很有趣吗?"

见对方这么问他,他越发笑着点点头。不!只是显得像是点了点头,也许根本就没有点头。因为他已经笑得把身体都弯了下来。

"这样一幅招贴画,什么地方这么好笑?"

问话的男子稍稍侧着脑袋这么呢喃道。于是,男子笑得更加厉害了。结果,受他的感染,连周围的乘客们都笑了起来。

带着"这幅招贴画很有趣"的想法一眼望去,这幅招贴画的确是趣味十足。不!是十分好笑的招贴画。看到的人,不管是谁,都会忍不住笑起来。

终于,乘客们全都哈哈大笑起来。

在这一天这个早晨这个时候,乘坐这趟地铁这节车厢去上班的乘客们,几乎都在单位里提起这件事。

这是一幅十分有趣的招贴画,是十分好笑的招贴画,是很有回味的招贴画。谁见了都会笑的呀!不过,不笑的人也有。不笑的家伙身上肯定缺乏幽默感。

这则传闻在不停地传播着渐渐地变了形。

看那幅招贴画,马上就能区分出看的人头脑好使还是不好使啊!

传闻还在变形。

那幅招贴画只有头脑聪慧的人才能看得懂呀!

一名在报社里负责专栏的记者听到了这个传闻。他乘上地铁,因为是白天,车厢内相对来说比较空,所以他马上就找到了那幅招贴画。

他定定地望着那幅招贴画好一会儿,便窃窃地笑了。他随即便找到制作那幅招贴画的广告代理商,讨到这幅招贴画去大学里拜访著名的社会心理学家。

心理学家一边听着记者的解释,一边用好像很认真却多少有些不悦的表情久久地望着招贴画的图案。

不久,他微微地笑了,然后窃窃地笑,终于哈哈大笑。

"这幅招贴画是一幅杰作,隐含着极其荒谬的幽默,是一幅很有品位的招贴画。即使在幽默中,也分社会讽刺、滑稽等各种不同的幽默,其中荒谬的幽默属于最高级的笑。要说为什么,因为荒谬的幽默,即使有人问你什么地方有趣,你根本就无法解释它的趣味性是在什么地方。"

"说得有理。那么请问老师,不能理解这种荒谬的幽默的人,这世界上也有吧。"

"当然有。因为'笑'这种情感,即使在人类的情感中也是最高层次的情感。狗、猫、马,虽然会愤怒或悲伤,但不会笑。由此想来,再也没有像缺乏幽默感的人那样更接近畜生了,所以可以说这样的人智能程度就低吧。"

"这么说来,像这样的招贴画,因为是属于高级的荒谬,所以看得懂它的人自然就聪明吧。"

"是那样的。懂得这幅招贴画幽默的人,智商至少在 140 以上吧。"

这天的晚报马上就以"只有 IQ 140 以上的人才能看懂的招贴画"的标题,刊登了那幅招贴画的照片和报道。

第二天早晨,在拥杂的地铁里依然悬挂着那幅招贴画。

读过昨天晚报的乘客们,大家都微微地笑着抬头望着招贴画的抽象图案。但是,其中不笑的乘客也有,也有的乘客望着招贴画不停地扭动着脖子。然而,大部分乘客都是勉强地努力做出微微笑着的笑容。

有一名男子终于笑出了声。他不停地哈哈大笑着。他的笑声开始时很呆涩,不久有两三个人随和着一起笑起来,那笑声才不显得呆涩。

地铁靠站后,一名刚上车的男子奇怪地问一名正在哈哈大笑着的乘客:

"这幅招贴画,什么地方这么有趣?"

乘客停止笑,轻蔑地望着这名男子。

"昨天的晚报,你没有读过?"

"我没有读过。怎么回事?"

"那幅招贴画,只有智商 140 以上的人才能看懂,是一幅很有幽默感的招贴画。"

男子瞪大了眼睛愣愣地望着招贴画。那名乘客又开始哈哈地大笑起来。许久,男子怯生生地对这名乘客说道:

"我……就是设计这幅招贴画的人……"

太绝了

[日本]吉泽景介 著

李重民 译

亚瑟博士发明了一种新药。据说,服下那种药,无论在什么样的物质中都能够自由穿行。

博士充满着自信,称赞新药的效果是"超群"的,以后就是赶紧设法解决向实用化发展的问题。政府当局立即设置防范体系严防泄密,派出重兵将博士的研究室封锁了起来。

看着那日趋严密的警备线,一天一名助手向亚瑟博士提出疑问。

"老师,那种药真的可以称为是无懈可击吗?"

"是啊。你说得没错。新药是无懈可击的。即使在铁壁中,也可以自由通行。"博士信心十足地答道。

"这么说来"助手朝围着建筑物的武装警备队那边瞥了一眼,"服用了新药的人,即使被枪击中也不会死吧。"

"是啊。就是铅弹,都可以穿过身体啊。"

"只要这一点能够得到确认,你就没有用了。"

博士大吃一惊。助手的态度出现了一百八十度的转弯。不知什么时候,助手的手上拿着一支手枪。

"你……"

"哈哈哈哈……为发明新药,你真是劳苦功高啊……怎么样,你很意外吧。我不向你隐瞒了。我是 S 国的间谍。新药的制造方法,已经全部记在我的头脑里了。接下来就是让我们国家的优秀科学家们全部进行处理。因此,你的作用已经结束了。你准备受死吧!"

间谍用枪瞄准了博士的心脏。

"等等！等一下。"博士用颤抖的声音喊道，"你怎么样才能逃脱如此严密的警戒网？你逃不出十米远啊。"

"别说混话！你刚才不是已经向我解释过了吗？"这时，间谍毫不犹豫地把新药吞了下去，"这药只要发挥出效果，就无所畏惧了。我的身体，无论在什么样的物质里都可以穿透啊。怎么样？没想到我的头脑有这么好使吧？哈哈哈哈……"

间谍右手的食指动了一下。

"等一等！"亚瑟博士做了一个请求的姿势说道。

"怎么回事。你还不死心吧。如果有事想说，赶快把话说了。"

"其实，这药有一个缺点。急于向实用化方向进行研究，就是因为这个原因。"博士鼓起勇气，用尽浑身的力气说道。

可是，间谍丝毫不为所动。

"你不要为了保住自己的性命信口开河。刚才说无懈可击的，是你吧。你说完了吗？所谓的无懈可击，就是指没有缺点。"

"对，真是那样。新药的缺点，就是无懈可击。"

"哈哈哈哈……梦话可以结束了吧？你的解释真是煞费苦心啊……你去死吧。"

可是，就在他要扣动扳机的一瞬间，手枪从间谍的手上突然滑落，发出声响掉落在地板上。药终于奏效了吧？亚瑟博士不由松了口气。危险已经过去了。博士这么想着，眼看着间谍的身体被吸入地板里去。

"呀！"

间谍就像从高楼的屋顶上掉落下去的人那样，发出长长的惊叫。

地板上，间谍穿在身上的东西，从内裤一直到靴子，都还原封不动地保留着。

"这个笨家伙，我们常常是受重力吸引的，这一点，他忘了？"亚瑟博士撮着装新药的瓶子说道，"新药的缺点，就是服用它以后，无论什么样的物体都可以穿透。靴底、地板、还有地球，都……"

意外事件

耿 耕

　　下午四点半钟,A市乌合之众论坛上,出现了一位自称为黑马的人发的帖子,帖子原文如下:

　　各位网友,下午五点后,本市春天大酒店前,将发生一起意想不到的事件,有兴趣的朋友可以前往观看。

　　帖子后很快有人跟帖,跟帖的内容多数与要发生的所谓事件有关,不外乎是各种猜测,只不过黑马根本就没有回答,好像他发了帖子后,就不在线上了。

　　五点十分左右,春天大酒店前有十几人在观望,但没有人走进酒店,只是偶尔与酒店迎宾小姐对视一下,或者互相间低语着什么。到了五点半左右,观望的人数已升至二十几人,期间有个别食客走进酒店,但多数食客看见这种场景,均悄悄离去,另选别的酒店。

　　六点时,黑马又出现在乌合之众论坛,并且跟帖说:意外事件还未发生,据可靠消息要到六点以后会发生,希望各位有兴趣的朋友继续前往。

　　六点十五分左右,春天大酒店门前人数激增到近百人,大多数为青年男女,互相间说说笑笑,打打闹闹,场面非常热烈,酒店基本没有食客进入,倒是有少数的食客从店内低着头匆匆离去,那神情不像是花钱吃饭的,到像刚刚行窃的偷儿,才从失主家跑出来。酒店门口的迎宾小姐已失去职业性的微笑,有些目瞪口呆地看着门口围观的人群。

　　六点五十分,黑马又一次出现在乌合之众论坛上,并在帖子中写道:春天大酒店前的意外事件还未发生,但已经出现了一些前兆,相信七点以后一定会发生,这可是难得一见的事件。

　　七点以后,酒店内已没有食客出来,迎宾小姐也不见了踪影,但门口围观的人数还在增加，根据保守估计有近三百人在店门前徘徊，已经影响了行人的正常行走，以及车辆的行驶。个别围观的人也许是不耐等待，走近酒店门口朝里张望，但酒店大堂内空无一人，没有看见一个工作人员。

七点二十分店内出来几个男人，引起围观的人群一阵骚动，但那几个男人没有说话，只是注视了一会围观的人群，然后翻身关上大门，这大概是春天酒店自开业以来关门最早的一次。

七点五十分，黑马再次在乌合之众论坛上跟帖，要求各位已赶到春天酒店门前的网友们，一定要有点耐心，那意想不到的事件马上就要发生了。

八点二十分，春天酒店的大门打开，这时的店门外已聚集了近四百多人，其中不只是网友，还有一些不明真相、闲得没有事可干的人。所以当酒店大门打开时，人群是一阵骚动，纷纷都朝前涌，一下子将春天酒店的店门给堵住了，这过程吓得那几个开门的男人，一下子都张开了自己的手臂，似乎想护住这家酒店。但看见那涌来的气势，马上又收回了自己的手，站在台阶上看着拥挤的人群。从这个表现来看，这几个男人是知道螳臂当车这个成语的。好在人群涌到酒店的台阶前就停住了脚步，所有的人都伸着头朝店内看着，因为他们也不知道会发生什么样的意外事件。

八点半，从店内走出一个胖胖的男人，穿着西服打着领带，他看了一会那拥挤的人群，便放开嗓子高喊了一声："黑马在不在？"

那些吵吵嚷嚷的人群马上没了声音，都在等待那个回答，可什么声音也没有，就如同黑马不在线一样。那男人便直着嗓子又喊了好几声，也许因为安静的原因，那男人的声音听起来很响。在最后一声喊落音的时候，有人在某个角落里应了一声："我在这里。"

所有的围观者顺着声音望去，看见一个瘦瘦的年轻人，正从春天酒店对面的一家网吧里走出来，围观的人很自觉地让开一条路，让黑马顺顺当当地走到那个胖胖男人面前。那男人看见黑马后，从口袋里掏出五元钱，对黑马说："对不起，这是我们店里昨天多收你的五元钱，同时我也为我们店昨天服务员不好的态度向你道歉。"说完他还正正经经地鞠了个躬。黑马没有说话，只是带着笑意拿过那五元钱转身就走。但那男人还是叫住了他，凑到他身边说："朋友，这些人明天不会再来吧？"说着他的眼睛就看着那些围观的人群。

围观的人群似乎也明白发生了什么，已经开始喧哗，有的人在大声地骂了起来，只是不知骂的是春天酒店，还是黑马这个人。

黑马好像有些虚虚地看着那些围观的人,说:"一下子来这么多人,对我来说是个意外事件。"说完就挤进人群消失不见了,只有那胖男人还站在台阶上,看着拥挤的人群,想着黑马刚才的那句话。

拯　救

曾向阳

　　某星球天际勘察员向星际首领发出紧急报告：尊敬的首领，我们一直观察的那个蓝色星球，近几年的情况越来越糟，据今日测定的数据显示，此星球正在爆发特大瘟疫，上面可活动的生物越来越少，如果我们不去拯救，顺便弄清楚他们发生瘟疫的原因，只怕以后我们的星球就会步他们的后尘。首领看完报告，当即发出命令："速派本星球中最顶尖的宇航员、医学家、科学家、生物学家、地理学家等组成的拯救队迅速出发，务必要尽一切力量救出蓝色星球上可能存在的一切生物，弄清楚瘟疫发生的原因。"不久，此星球上的一艘星际宇航飞船向着蓝色星球飞去。

　　"天上一日，人间一年"的说法虽有点夸张，但天空中的时间与蓝色星球的时间确实相差太大。当此飞船感觉仅在星空中飞了三个月，实际到达地球时，距当初报告首领的时间已经整整三年了。

　　飞船在蓝色星球上着陆，所到之处触目惊心。即使带了先进的呼吸设备还是感觉整个星球有一点酷热，拿出测量器一量，地表温度八十度。到处充满着难闻的气息，稀薄的空气预示着死亡的魅影随时可到。狂风怒吼，黄沙飞舞，随处可见形形色色的塑料袋，地表被挖出了许许多多的深沟浅洞，有的地方正在流着红色的岩浆，看来是火山爆发后还没有彻底停止活动。唯一值得欣赏的是随处可见的一些精美的建筑物，显示着此蓝色星球曾经的辉煌。如今除了一条浑浊的河流还有一点浅浅的水在疲惫地流动外，再也找不到可以活动的物事了。

　　一行人面面相觑。曾经不是观测到蓝色星球上有活动的生物吗？而且首领不是说过要尽一切力量挽救这个星球上的生物吗？可是哪里有呢？一行人员随即分开，带着各种精准的仪器到处寻找。

几个月过去了,他们从星球的最南方依次搜索到了最北方。所到之处,只有一些臭气熏天的生物残骸。经常可在一些美丽的大厦里堆满灰尘的图片上,了解到这个星球曾经的美丽、高等生物智慧的结晶与星球的地理位置外,还是没有找到一个活着的生物,哪怕是像图片上的被牵在手中饲养的温顺可爱的低等生物都找不到。

生物学家炅有点奇怪地说:"这到底是一场什么样的瘟疫呢? 竟能在短短的时间内把这个星球上所有的生物都毁灭? 太可怕了,如果不搞清楚,以后我们的星球怕也难逃一劫。"地理学家逸也诧异地说:"按照那些图片上所记载的,我们应该到了此球的最北端了,那么应该是被冰雪覆盖的极寒冷的地带,怎么没见到冰雪呢? 这个球上的气候变得太可怕了。"一直在空中配合着侦察的自动飞船发来指示,再往北继续走五百公里,有显示淡淡的冰层,似乎有生物活动的迹象。此指示如同一注兴奋剂,给搜索的人员带来莫大的鼓舞。他们乘上最快速的工具,一小时后就到达了那个地方。

背山之处确实是一个有着小量冰层覆盖的地方,气温相对来说降了很多,大概是十五度,空气似乎稍微好一点了。在一个简易的屋子里,竟然躺着一个生物,他有着瘦削的身躯,无神的双眼充满着诧异地打量着进屋的一行外星人。科学家旦用上了各种方法,竟然与这个生物有了简单交流。他们知道了此生物是地球上最高等的生物,叫人。知道人把这个星球叫地球,因为地球上的人放肆无度地向地表深处开采矿物,更是放肆地砍伐地球上的树木,把地球变得极端暴怒,经常发生各种灾害,引起了人们的恐慌,为了争夺生存的地位,爆发了战争。终于在各种生化武器的摧毁下,地球的气温发生了极大地变化。开始还只是每年以几度的气温开始上升,空气的氢氧氮等物都开始变化,人们只能调节自己的身体去适应环境的剧变。随后就以每年十度的气温上升,最后在地球的地表温度达到六十度时,所有的生物再也无法调整自己的身体去适应日益变化的地球,毁灭终于到来。一日之间,整个地球上所有的生物都灭绝了。而此人,却是凭着毅力千辛万苦地挪到这个背山的有大片冰的地方住下来,又用尽各种方法保存着冰,让冰极慢地融化,使这周围的温度保持在较低的水平,苟延残喘地过着寂寞的每一天。但是近几天,气温以每小时十度开始升温,冰层融得越来越快了,所以他知道自己的生命将是在倒计时了。

"索取无度,最终只是加剧毁灭呀!"人感叹道,一滴浑浊的液体顺着无神的眼角滴下。生物学家炅比画着告诉人:"不要急,我们是来拯救你的。"

123

看懂了炅的表示,人的眼睛霎时闪耀着希望的光芒。能生存下去,是每一种生物的憧憬哦。

他们问人平时的生存空间与饮食习惯,并说将凭他们的智慧,在飞船上为他造一个与人平时生存一模一样的空间。人无力地拿出一本一百年以前科学家著的书,上面记载了空气中的各种混合物的构成比例,以及人适合生存的温度与食物、水。炅和旦拿着这本书就去飞船上设计空间与食物了。

几个小时后,气温竟变成了四十八度,人的呼吸开始变得不规则。恰好生物学家炅通知飞船上的一切都依书上的设计设好了,让其他的队员把人搬到人造空间里去。一到那空间,人仅过了一会,又变得焦躁不安,而且呼吸不畅。生物学家炅想可能人饿了或是渴了,就把刚设计好的水与食品递给人。人大口地喝下了半瓶水,突然悲嗷一声,倒在了地上。炅吓得上前一摸,发现此人竟已无心跳与呼吸,死掉了。

科学家旦测了一下所有物品的纯度,与书上的一般无二,人怎么会死掉呢? 所有的队员你望着我,我望着你,一时间沮丧到了极点。

突然生物学家炅一拍方方正正的脑袋,懊恼地说:"我们错了,我们错了。""怎么错了?"大家异口同声地问。"你们看,这本书是一百年以前设计的,那时地球上还没有发生变化,所有的空气中的混合物都是很纯正的,水的质量也是很纯正的。可是在最近几年,地球上的一切空气,水都发生了质的变化,更可怕的是,地球上的人为了生存,只能调节自己的身体去适应地球的变化。所以到了今天,人的身体已经起了很大的变化了,他们只能生存在当今浑浊的世界里,怎么可能一步就回到一百年以前的生活环境中呢? 纯净是好,可对于现在的人来说,好比把一个饿了很久的人突然饱餐一顿,能不胀死吗?"

"哦!"又是异口同声,可是却在他们的口气中有着无比的遗憾与失落。

是呀,谁能想到拯救竟是加速死亡呢? 他们带着遗憾与怅惘上了飞船,似乎没有找到拯救自己星球的方法,可又似乎找到了拯救的方法……

转入地下

许保金

　　这是一个创造奇迹的时代,而最能创造奇迹的就是房地产开发商。他们不但能创造出让人买不起房、住不起房的奇迹,还能创造出一个既令人瞠目结舌,又让人心甘情愿接受的奇迹。那就是房地产开发商们要从地上转入地下了,也就是说,他们要在地下建房了。

　　该奇迹的开山鼻祖便是王总。王总面对众多媒体庄严宣布,他的公司准备在离地面五十米深的地下建一座五层的高楼。王总的话一出口,立刻招来一片议论声。有的说,王总不是在说胡话吧? 在地下建一层两层深的地下室也就罢了,居然要建一座五层楼? 那是根本不可能的事。有的说,王总标新立异,言他人不敢言之言,做他人不敢做之事,有魄力,有头脑。还有的说,王总这是在作秀,其目的就是想借此提高其公司的知名度,提高其商品房的销售量。

　　王总对这些议论嗤之以鼻。王总说到做到,很快他的公司便全力以赴地投入到了这场前所未有的建筑工程上来了。一年后,一座地下五层高的楼房巍然屹立在五十米深的地下。众人惊愕之余便是诧异:王总的葫芦里到底卖的是什么药?

　　王总又召开新闻发布会了。王总信步走上主席台,面对台下众多媒体记者期盼的目光,娓娓道出了他的精辟宏论:"老爱,大家都知道吧? 就是大科学家爱因斯坦。老爱对人类最重要的贡献就是发明了相对论,本人对老爱的相对论研究了多年,终于有了一个重大的发现,那就是人在地球上所处的位置越高老得就越快,因为时间在高处比在低处流逝得快。"

　　王总的宏论立马震惊了全球。那些本来对爱因斯坦的相对论知之不多,或根本就一窍不通的人,立马买来了老爱的有关书籍,闭门谢客,仔细阅读，认真研究。而那些早已对老爱就研究颇深的科学家们便纷纷在媒体上发表研究著作，阐述老爱的科学理论。科学家们一致认为，根据爱因斯坦广义相对论中的时间理论，时间流逝得速度依赖于物体所处的位置，距离引力源越远，时间过得越快；越靠近引力源，时钟转得越慢。正如王总所言，人在高处老的更快。

人们终于明白王总为什么要在地下建楼房的伟大壮举了。王总的地下楼房很快便抢购一空，尤其是一楼，也就是最下面的那层被炒出了天价。没钱的人还想长寿呢，有钱人更不想老得快。

其他房地产开发商们也纷纷效仿王总，都由地上转入了地下，对地下进行了大规模的开发和建设。那时人们见面时的招呼语便是："你下去了吗？"这一普通的招呼语后来居然演变成了开发商的经典广告语："下去吧，下去吧，我们一起下去吧！"

开发商们在地下建的楼房越来越向地心开发。从最初的五六层，发展成十几层，二十几层，甚至在地下建有摩天大厦。而离地面的距离，也由最初的五十米，逐步发展到离地面一百米，几百米，甚至上千米深。

于是，社会上便流行了一个最新衡量标准。一个人居住的高度决定着此人的身份、地位和档次。住得越低，身份越高，越有档次。

后来，这一理论又影响到了其他领域。工厂企业转入了地下，公路铁路转入了地下，机关、商场、学校也都转入了地下，甚至连火葬场也转入了地下。一个庞大的，各项设施均已完善的世界诞生在地球表面之下了。

不知过了多少年后，地球表面上已经再也看不到人类活动的迹象了。地球又恢复到了洪荒时代，森林茂盛，草丰水美，野兽出没，飞鸟翱翔。

从空中落下来一艘航天飞行器，从里面走出来几个外星人，他们惊喜地喊叫着："太好了，地球还是一个未开发的处女地，我们正好移民地球。"不久之后，各种各样的飞行器如蝗虫般从空中铺天盖地向地球飞来。接着，一座座高楼如雨后春笋般矗立在地球上。

外星人在向地下打桩时，竟然打到了地下的一座高楼上。外星人惊呆了，怪异地喊叫道："原来地球人都居住在地下。"

紫甘蓝之死

周月霞

我是一枚紫甘蓝。

其实就是紫圆白菜。可安妮说，那样叫有诗意。

今早五点半，我被一个趿拉着拖鞋、打着哈欠的矮胖男人，一刀下去就一分为二了。一半切成了细丝，加了芥末、麻油、青椒丝、香油、味精、米醋等等，反正装了整整、满满的一个八寸的盘子，被安妮大加赞赏后，津津有味地被她吃进肚子里了。一半被放进冰箱里。

男人是安妮的老公，不管多累，只要他一回家就抢着给安妮做饭，贱骨头吧？谁让安妮漂亮啊，明眸皓齿、肤如凝脂。当初把她追到手，男人半夜乐醒过 N 次。他可舍不得安妮的小白手变糙了。

看看，就这样宠着，安妮还在日记里说，她的爱情濒临死亡。

安妮为我写过诗歌、散文，把我写得美极了！说我像女孩的百褶裙，紫白互嵌，像一杯牛奶里漂着的紫丁香花瓣。美吧？

其实安妮喜欢上我，就是为了那诗人的一句话。

那诗人说，紫甘蓝，大自然赐予的色彩、雕琢的纹络，鬼斧神工……

于是，安妮就喜欢我了。据我观察，不单是我，诗人说啥好，她就喜欢啥。

诗人说，周杰伦的青花瓷好听，她就整天哼唱，还让电脑唱、手机唱，连我都倒背如流那歌词了。

诗人说，不喜欢女人涂指甲油。安妮就赶紧抓过卸甲水，三下五除二就把手手脚脚的指甲，都抹扒地没有血色。

事情明摆着了，安妮爱上那诗人了！这次，就是要去见他的！傻帽男人还以为她去开什么诗歌笔会呢？

安妮已经坐了三四个小时的火车了,她可没受过这样的罪!可安妮不说累,挺享受的样子,捧着那诗人的诗集一直看呢!

我在她的胃里美美地睡了一觉。

火车停下又走,车厢里有人下,又有人上。

呀!新上来个男人就是那诗人!就坐在安妮的对面!

安妮早认出来了,她有他的照片。我感觉到了安妮的激动,安妮的胃在痉挛,我就在那里面不舒服啊!拜托,别这样好不好?那诗人无数次要求跟她视频,索要她的照片,她就是不答应!我想安妮是想给他一个惊喜。

安妮咋不跟诗人说,她就是安妮啊!女人的心思真难猜。

嗯?气氛好像不大对!

诗人一直在色迷迷地窥她,还没话找话地搭讪,安妮的眉头皱起来。

诗人啊,你再矜持上哪怕十分钟,安妮就会主动相认了。这点心思,我会不知道?我在安妮肚子里呢!

其实,安妮是真的不愿意相信他就是她的诗人。

安妮旁边坐着一对中年夫妻在吃夜宵,餐车供应的一种色拉。难道是因为那菜是紫甘蓝吗?安妮第一次主动向他们示好。

安妮问:"紫甘蓝是不是很好吃?"

夫妻里的男人说:"好吃,又脆,又嫩,您来尝尝?"一个大美女问话,谁好意思不搭理?

女人说:"好看而已,又没什么营养!"显然,她对丈夫表现出来的热情很恼火。

夫妻里的男人一时语塞。

安妮说:"是啊,是啊,搭配在什锦菜里,很好看。"

女人继续说:"听到没,也就是因为颜色鲜亮,做个配菜!就像老婆虽然老了但永远是主菜,小三再怎么年轻漂亮也就是个配菜!然后狠狠夹了一筷子菜,狠狠地嚼。"看来,这女人的话是说给自己男人听的,八成那男人出过轨,偷吃过外面的"菜"。

"它是紫甘蓝,大自然赐予的色彩、雕琢的纹络,鬼斧神工……"安妮肯定是故意的。她把诗人对她说过的话大声地说出来。

然而,诗人像是聋了没什么反应。

因为那时候,诗人正在接电话。女人打来的,接完一个,又接一个。

第一个是他妻子打来的,这是常识性的分析,因为只听他说了几个字,嗯,我来B城开会了,就挂断了。

第二个肯定是情人打来的,他表情丰富,柔声细语的,什么早晨露水重,来接我的时候,多加件衣服,什么我爱你啊,睡吧,宝贝! 最后,还旁若无人地对着电话啵了一下。

安妮显然不知所措了。

她腾地站起来,手忙脚乱地打开了车窗,把我大部分呕了出去! 所有人一愣。中年夫妻里的女人急忙递给安妮一方纸巾。

我眼睁睁地看着自己葬身车外,化作尘埃,消失散尽,却无能为力。

呜呜!

安妮歉意地对众人微笑了一下,然后别过高傲的头,面向窗外。她一句话也没有再说,甚至睫毛都没眨动一下,像尊塑像。

天大亮的时候,车到站了。

诗人快步下车,紧紧拥抱着来接他的女人,那女人小巧玲珑的,穿着一条紫白花纹的裙子,像一块切开的紫甘蓝。

我正为看到和我一样的花纹激动万分,安妮却突然再次呕吐起来!

这次,我是一点不剩的,从她身体里被抛弃了。

等她缓过气来,竟然鬼使神差地尾随在那诗人身后。

安妮拿出手机,拨出一个电话,直到听见青花瓷唱响在诗人身上。不过,仅仅唱出几个字,安妮就挂断了。女人问,谁啊? 诗人打开看看,说不知道哦,骚扰电话吧! 就搂着她走远了。

安妮站在原地,发了会儿呆,然后围着车站转悠了三圈。最后,她来到售票口买了返程的车票。

安妮给诗人发了个信息,说,这次笔会,我不去了。

一阵风吹来,我飘上了天。

第三只眼

闫玲月

人要是背后再长只眼睛该多好！就算前脚离开，也可以轻松看到背后发生的一切。我不只一次希望老天的恩赐，或许心诚则灵，有一天醒来发现自己背后真的长了只眼睛，雪亮雪亮的，穿透力极强，不论白天黑夜还是犄角旮旯儿，只要想看就能看到，百分之百的清晰度。

我正在写领导的发言稿，可静不下心哪，据说又要提拔一批年轻骨干，自己这次有没有机会往前挪挪位呢？鞍前马后给领导卖命也好几年了，没有功劳还有苦劳吧，论资排辈也该熬出头了。对啊，有了这第三只眼何必白白浪费呢，现在就去看看，听说领导正在研究后备干部人选呢。

哎呀，这小会议室怎么吞云吐雾的，眼睛都呛出水来了。几个领导嘴巴一张一合在说什么？一个在打哈欠，另两个在交头接耳，还有一个露出满口黄牙像在笑。咦，那口形像在说我的名字，定了？对，就是说我的名字定了。哈哈，多年的媳妇就要熬成婆了！咱们老百姓啊今儿个真高兴，高兴，高兴！闪了。我激动得手直抖，握不住笔了，晚上下班该小小地庆祝一下，就到领导常去的那个海鲜楼尝尝鲜吧！说来也真他妈不公平，他们坐着吃，我却站着看，喝多了我还得架着他们去卫生间一通倒，亲娘老子我也没这么伺候过啊！好在最后我埋单，他们吃大鱼我就混着吃点小虾吧。

夜色醉人啊！我飘着神仙步，蹬着五彩云，今晚也要来个翻身农奴把歌唱。一想到这儿我就来气，当领导的提着个五音不全的破锣嗓子使劲喊，用白居易的诗句形容就是"呕哑嘲哳难为听"，说难听点就是鬼哭狼嚎啊！可我还得陪着笑，叫着好，牺牲着耳朵，糟蹋着神经，谁让咱是小秘呢！瞧，我的嗓音多么富有磁性啊，惹得那个小姐直往我身上蹭。两团白花花肉鼓鼓的宝贝塞满了我的眼，我要眩晕了。不是说男人学坏快，全因老婆不会待吗？老婆要是也这么风骚,何苦今夜破我这金刚不坏之身呢!罢了,春宵一刻值千金,还是抓紧时间享受吧,完事签个字不就得了。

激动人心的时刻就要到了,我被领导找去单独谈话,同事们眼里冒着火星哪!嘿嘿,火球我都不怕了,平日里对领导陪笑,对你们陪闹,对老婆陪聊,我都成三陪了,今后也要感受众星捧月的乐趣了。我的心儿跳,眼儿笑,理理稀疏的头顶发,扶扶宽边的近视镜,昂首挺胸毕恭毕敬敲开了那扇走向成功的门。

"经研究决定,你是最合适的人选,这个重担还得由你挑啊!"领导一副语重心长的腔调。我心里乐开了花,嘴上还在说着谢谢领导栽培,我怕自己能力水平有限,辜负领导的期望呢!"哪会呢,你太谦虚了。给,这是拟提拔干部的简历,你为他写一份上报材料吧!注意做好保密工作。"苍蝇大的字突然变得有斗大,我的眼前黑黑一片,喉咙里酸水直冒,小A!我这个老裁缝要为昔日的情敌做嫁衣了。

跌跌撞撞回到家,我真想躺在老婆温暖的怀里大哭一场。老婆怎么还没回?我的第三只眼不由自主去一路追寻老婆的芳踪。这是哪里?怎么在上演激情戏?追错地方了?先解解闷也好。呵呵,有看头,够刺激。我越看越亢奋,真想代替那个男的演一次。戏收场了,两个演员笑对着我,是她和他!我狂笑。两顶帽子,红的没抓住,绿的送上门。也好,戴哪顶不是戴!

仕途无望婚姻失败总要在"钱途"上再创辉煌。我要学会利用宝贵的资源,不能让第三只眼整日偷闲。我废寝忘食,夜以继日,苦思冥想,呕心沥血,从第三只眼里克隆出一只只眼睛,我把它们出售给需要的人。一只只眼被安装在公共场所、私人住宅、办公室、更衣间、床头、厕所内……一场场好戏上演,一捆捆钞票飞来,搞得我眼花缭乱,不久就害上了严重的眼疾。医生通知我,你的第三只眼已经没救了,前面的眼睛受它影响也只能保留一只。从此,这个世界上又多了一个睁只眼闭只眼的人。

送你一粒后悔药

闫玲月

有人说,这世上什么药都有卖,就是没见过有卖后悔药的。我现在可以大声宣布,后悔者的福音来啦！我,本世纪最聪明的人,经过100个日夜的精心研制,终于填补了医学史上的空白。"无悔"牌后悔药马上就要上市了,为了确保安全高效无毒副作用,我准备先在朋友中来一次测试。听说我有后悔药,他们都快把我家的门槛踏破了,但我只能选择三个有代表性的人做实验,因为此药的成本太高,目前只研制了三粒,我就快囊空如洗了。

朋友甲先说道:我最后悔当年没有把我的对手打垮,让他有了翻身的机会,现在看到他处处比我强我就窝心,窝心我就作病,作病我就死得快,所以为了我的生命能够多延续几年,你就发善心给我一粒"无悔"牌后悔药吧。说完他还流下了伤心的泪。哎,救人一命胜造七级浮屠,我把一粒后悔药送到他手中,他千恩万谢地拿走了。

朋友乙接着说:我最后悔当年不该为了荣华富贵而抛弃了初恋情人,现在名利双收还是感觉心里空落落的,要我再选择一次,我就换个活法。宁拆一座庙,不破一桩婚,你就是我的月老,成全我的姻缘吧。望着他为伊消得人憔悴,我动了恻隐之心,把第二粒后悔药递给了他。他如获至宝,捧着药欢天喜地哼着小曲走了。

朋友丙半天不说话,我知道他的性格害羞得像个女人,就大方地说:"你有什么后悔的事情,只要哥们能帮你尽管开口。"他舔了舔嘴唇,咽了下口水,才红着脸说:"我这辈子最后悔的事就是做男人,我要做变性手术可花费太大还承受身体之痛,你的后悔药能帮我变成女儿身。求你了,我要找到自己的幸福全靠它了。"没说完,他的眼睛里蓄满了泪花。我愕然,转念一想,为了实现他心中的梦为了帮他找寻幸福,一粒药算什么,给就是了。他接到药后破涕为笑,送我一个飞吻,转身出了门。

只要吃了后悔药两天后就会起作用的,而这两天我也可以好好休息了。我请了假,把自己关在家里,不吃不喝冬眠了两天,第三天醒来先去单位上班。单位精简人员,而我就在精简之列,我惊讶得张大了嘴巴,不敢相信这是真的。我一向遵纪守法秉公办事鞠躬尽瘁就差死而后已了,张三李四不学无术打牌泡妞都能留下,为啥精简我?我去找朋友甲,他是领导的秘书,肯定能知情。

领导不在,朋友甲坐在老板桌后,一本正经地告诉我:"恭喜你,你的"无悔"牌后悔药终于发挥药力了,我的生命能够延续得益于你的功劳。"我还是不明白他说的话,上前擂他一拳:"你和哥们儿打什么哑谜,我怎么被精简了,是谁定的?"朋友甲哈哈大笑:"可惜了你聪明的脑袋,我当年的对手就是你呀,要不是你的后悔药我能有决心打你小报告,让领导同意把你精简下来吗?你不被精简我有机会被提拔吗?你是我成功路上的拦路虎,为了朋友的前途牺牲一下也没关系的,回家继续开发你的后悔药吧!"一番话气得我的眼珠子差点掉出来,我狠狠地摔门而去。

我越想朋友甲越觉得他不够朋友,于是就决定到朋友乙家去诉苦。朋友乙住在豪华的别墅区,刚走进他的私家花园,我就看到两个熟悉的侧影在光天化日下激情狂吻。这个乙可真够大胆的,我这么多年和老婆亲热还是偷偷摸摸的暗箱操作。我只好提示性地咳嗽一声,朋友乙转过头,那女的也转过头,我的眼珠子再一次冒出来,你们?我手点着他们说不出话来。朋友乙轻松一笑:"我们本来就是初恋情人啊,多谢你的'无悔'牌后悔药让我们重温旧梦,来,倩儿,谢谢你老公的成全。"我真想抽这对狗男女两个嘴巴,但我感觉我的手在抖,试着抬了几下还是无力地垂下来。什么是聪明反被聪明误,我就是天下一字号的大傻瓜。我要回家继续生产"无悔"牌后悔药,把我的希望都找回来。

刚进家门,朋友丙尾随而进。他一身惹火的女性装扮,眼睛里闪着异样的光,含情脉脉地对我说:"亲爱的,我要等的就是这一天,是你圆了我的女儿梦,我要好好报答你。"说着,他张开血红的嘴唇牢牢按在我的嘴唇上,浓浓的口臭让我窒息。朋友甲、乙、丙的面孔在我眼前晃来晃去,我突然大叫:"骗子!人妖!后悔药!"

我精神失常了,再也不知道什么是悔,什么是恨。我每天笑对这个世界,笑对我的三个朋友。

心脏移植

王明新

　　古大夫自做完手术出了院,就像完全变了一个人。这天早晨吃过饭,他突然说:"烟,我的烟呢?"古大夫是位泌尿科专家,一生洁身自好,从来不沾烟酒。老伴白大夫是位心血管病专家,古大夫这次做手术,就是白大夫帮他下的决心。古大夫的心脏先天性供血不足,随着年龄的增大,这种情况也越来越严重。老两口都六十多岁了,古大夫做手术前,他们每星期只坐几天专家门诊。这天白大夫休息,听到老伴要烟吸,心中惊奇不已,本想问问他为什么突然想起吸烟来的,但考虑到老伴刚刚做完手术,又出院不久,心想就顺着他吧,把想说的话咽了下去。好在家里有儿子吸的烟,白大夫也不知道好还是不好,就拿了一盒给了古大夫。谁知古大夫拿起烟来看了看说,哈德门,我的哈德门呢?白大夫知道哈德门是一种香烟的牌子,更加惊奇不已,她看看老伴,一点也看不出有什么异常,就出门给老伴买烟去了。烟买回来,古大夫对着烟盒仔细看了,见没错,才抽出一支点燃吸起来。他拿烟的动作,点烟,吸烟的姿势,先是从鼻孔后是从口中喷出烟雾,古大夫做得自然而娴熟,根本不像第一次吸烟的人。白大夫在一旁看呆了。

　　白大夫研究人的心脏二十多年,做过的大大小小的手术不计其数,最近她对心脏却有了新的发现:心脏不仅仅只是一个血泵,把血液输送到人体的各个部位,送去氧气和各种营养,心脏还像电脑的硬盘,有记忆和存储功能。中国人习惯说"我记在心里了",而不是说记在脑子里了,看来这句话并非病句,更不是妄说,而是有一定的科学依据。当然,白大夫的这种发现还有待进一步研究证实。白大夫从国外的医学资料上也看到过类似记载,她正在收集相关资料做更深入的探索。

　　午饭,白大夫用枸杞炖了几条鲫鱼。古大夫做的是心脏移植手术,吃枸杞对心脏有好处,能帮助老伴恢复健康。饭菜都端上桌了,古大夫却迟迟不动筷子。白大夫说,鱼要趁热吃,凉了就腥啦。古大夫说,我想喝酒。白大夫又是一惊。过去,古大夫给人治好了病,病人出院后常常提出请古大夫吃饭,古大夫是能推就推,实在推脱不了进了饭店也只喝果汁,连啤酒都一滴不沾,今天是怎么了?古大夫如此,他们的儿子却完全是另一个样子,上中学的时候就开始偷偷吸烟喝酒,为这事没少挨古大夫的打,但不管用,只好由他了。因此,家里并不缺酒。白大夫拿出一瓶酒,心想老伴出院也算庆祝庆祝吧,虽然儿子女儿都不在家,老两口一起庆祝更加温馨。

白大夫拿了两个杯子,给老伴倒了一小杯,给自己也倒了一小杯。谁知古大夫拿起酒瓶看了看说:"我不喝,我的老汾酒呢?"老汾酒?一个从来都不喝酒的人,不但主动提出喝酒,还要喝老汾酒,还说"我的老汾酒呢",这究竟是怎么回事呢?难道说,这个人不是自己丈夫?在医院里出生的新生儿有抱错的可能,因为婴儿多,刚出生的新生儿又被同样的小被子包裹得严严实实,的确难以分辨。可丈夫一个六十多岁的老男人,难道说出院的时候也会被搞错?这简直比天方夜谭还天方夜谭。白大夫一边胡思乱想,一边给丈夫去找老汾酒。后来,好歹找到了。古大夫验明正身后,这才喝起来。古大夫的酒量更是让白大夫瞠目结舌,一杯酒一口就干了。这可把白大夫吓坏了。白大夫说,你刚刚动完手术,怎么能这个喝法?慢点喝。不等白大夫把话说完,古大夫又给自己倒了一杯,端起来又是一口闷。白大夫立即夺下丈夫手中的酒杯。古大夫哪里肯?说:"我已经很久没喝了,喝这点酒算什么?"古大夫吵吵嚷嚷,但白大夫到底没再让他喝。

又休息了几天,古大夫上了一趟街,回到家的时候提回一只塑料箱,白大夫打开,见是一个油画箱,里面装满了各种油画颜料、油画笔和画油画用的大大小小的刀子、铲子。古大夫说,每年一次的全国画展就要开幕了,我还没动手呢,这几天得抓进时间。白大夫与古大夫是大学同学,自打他们认识起,白大夫从没听说过古大夫会画画,也从没见他画过画,怎么突然画起画来了?还打算参加全国美展,这不是开国际玩笑吗?白大夫没理丈夫的茬,却在暗中悄悄观察。自买回油画箱后,古大夫就把自己关进书房,足不出户,不喊他吃饭,他饭也不知道吃。有一天,白大夫趁老伴去卫生间的工夫,走进老伴的书房一看,不由大吃一惊。画布上是一位身穿白大褂的女性,美丽,温婉,端庄,神圣,亭亭玉立。背景是朦胧的蓝色,蓝色里生长着梦幻般的蝴蝶兰。白大夫仔细再看,竟有几分像当年的自己。画的题目是:天使。

白大夫悄悄退了出来。她通过各种渠道终于弄来了为丈夫提供心脏的那个人——也叫供体的资料,资料是用电子邮件发来的。这样写道:袁山,男,45岁。嗜烟酒,烟只吸哈德门,酒喜喝老汾酒。著名油画家,年轻时曾流浪法国,以卖画和在街头为人画像为生,回国后名气渐大,曾多次参加全国美展,获一等奖一次,二等奖三次,三等奖两次。曾赴日本举办个人画展,颇受好评。死于酒后脑出血。

翻　新

[英]克里斯·罗斯 著

庞启帆 译

"史密斯先生,如果您喜欢别的类型的鼻子,我们有很多选择供您参考。"

"我想这个鼻子太小了点。"

"小鼻子今年非常流行,史密斯先生,非常流行!"

"您认为它适合我吗?"史密斯先生问。

"我觉得非常好!"店员说道。

"好,我买了。"

在驾驶空中客车回家的路上,史密斯先生用手表式袖珍手机打电话给他太太。

"嗨,亲爱的。你喜欢我的新鼻子吗?"

史密斯太太在厨房的可视电话上看着丈夫的新鼻子。"我想太小了点,亲爱的。"她说道。

"小鼻子今年非常流行"史密斯先生答道,"非常流行。"说完,他就挂了电话。

现在是二十二世纪,由于有了基因工程,人们可以随心所欲地改变自己的身体。

史密斯看着镜子中的新鼻子,想象着自己有多时髦。他非常开心拥有这么一个新鼻子。有点遗憾的是,他的头发与新鼻子不怎么搭配。

他决定第二天再到人体商店去。

第二天一大早,史密斯先生就驾着飞车来到了人体商店。

"早上好,史密斯先生"人体商店的店员说道,"今天您需要什么?"

"我想要一顶新头发。"

"好的,史密斯先生。您想要什么类型的?短金发和小鼻子非常相衬。您觉得呢?"

史密斯在镜子里看着他的头发:过时、灰白。是的,短金发。他年轻时就有一头短金发。他想再次年轻起来。

"对,我就要一顶短金发。有卷曲型的吗?"

"当然有啦,史密斯先生。您还要别的东西吗?本周我们的耳朵特价。非常优惠。"

最后,史密斯先生戴着一顶卷曲的短金发、两只新耳朵离开了人体商店。

从此,他对新身体的兴趣越来越浓。在随后的几周,他买了新眼睛(绿色的,不常见但流行)、新手掌、新胳膊、新膝盖和新脚。史密斯太太很高兴,因为史密斯先生原来的脚气味很难闻。

然而,一天早上,史密斯先生醒来时,鼻子突然出问题了。

"我的新鼻子出问题了——被塞住了。"

"也许你感冒了。"史密斯太太安慰他。

"这是不可能的!这是基因人造鼻子,不会感冒。"

但事实就是这样——新鼻子令史密斯先生呼吸困难,并且无法闻到任何气味。

他再次来到人体商店。

"早上好,史密斯先生。"店员说道,"今天您想要什么?"

"我想要一个新鼻子。"

"但是您已经有了一个新鼻子。"店员惊讶地说道,"您换上这个新鼻子刚一个月。不要担心,小鼻子仍然很流行。"

"不,你不明白。我想要一个新鼻子是因为这个不起作用了。"

"这是不可能的。您拥有的是一个基因人造鼻子。不可能出问题。"

"但它的确出了问题,它被塞住了,我呼吸困难,闻不到任何气味。"

"您用您的鼻子做了什么,史密斯先生?"店员问道。

"我用我的鼻子干什么?这真是一个愚蠢的问题。我没有用我的鼻子做任何不寻常的事情。我用它来呼吸,嗅气味,像任何人一样。"

"如果您没有正确使用您的鼻子,是有可能无法正常工作的。"

"真是荒谬!"史密斯先生大喊道,"我想要回我的钱。我要退款。"

"恐怕我们不能给你退款,史密斯先生。这个鼻子没有保证书。"

史密斯先生气得不知道该说什么。他带着愤怒与失望离开了人体商店。

但现在他有了一个大问题:一个没用的鼻子。是的,很流行,但没用。

不幸的是,他的问题越来越多。第二天早上醒来,他发现他听不见了。接着,他的新金发开始变成灰白色,他的新膝盖不能动了,他的稀有的绿眼睛看不见了,他的手指一个接一个断了。

史密斯太太赶紧把他放进飞车,飞到了人体商店。她抱着她的丈夫走进人体商店,因为这时他已经无法走路了。

"早上好,史密斯先生。"店员说道,"今天您需要什么?"

"谢谢。史密斯先生今天不需要任何新东西。"史密斯太太答道,"但他想要回他原来的身体。"

"恐怕我们不能退款,史密斯太太。"店员说道。

"我不是想要退款。"史密斯太太解释道,"我想要回我丈夫原来的身体。我不喜欢这个新身体。"

"恐怕很困难,史密斯太太。"店员说道,"我们是一家环保公司,所有的旧身体我们都循环利用。"

"但是你们卖给他的新身体部件现在已经失去了作用。他现在该怎么办?"

"他可以买一个翻新的身体。"

"翻新的身体?"

"就是对原来的身体进行修复。"

"我可以看一看吗?"

"当然。"店员对他的电脑发出指令,一个翻新的身体马上出现在屏幕上。这是一个非常熟悉的身体。史密斯太太认出了那个大鼻子和那些灰头发。

史密斯太太喊道:"这是原来的史密斯先生!"

"是的,没错。"店员说道,"我们修复了史密斯先生原来的身体。"

"那么,他可以要回他原来的身体吗?"

"当然,史密斯太太。付十万欧元就可以了。"

"十万欧元!"史密斯太太大喊,"太贵了!"

"史密斯先生已经被翻新过了。"

还是活命要紧。史密斯太太最终付了十万欧元要回了丈夫的身体,然后带着他飞回了家。

"我又是我自己了!"史密斯先生喊道。

"不完全是。你已经被翻新过了。"史密斯太太说道。

反腐疫苗

林华玉

A 国的医学家麦哲理教授经过几十年的潜心研究,在他 60 岁生日这天,终于制造出了一种名叫"腐败克星"的疫苗。此疫苗的神奇之处在于,给人打上一针,这个人就一辈子不会再有犯贪污、受贿、玩女人之类的腐败行为。

消息经过各大媒体一传开,引起了极大的轰动,街头巷尾都在议论这件事情。A 国的官员为了证明自己有一颗反腐败的心,都纷纷向哲理的实验室查询。第一天,麦哲理的实验室就人满为患,屋外还排起了长长的队伍。

第一个咨询者是一个肚大腰圆的中年官员。带他坐定之后,麦哲理教授就开始对他详细的解释起这种反腐疫苗:"打一针产生免疫力之后,再见到腐败的行为,例如别人向你行贿,你就会感到浑身不舒服,深恶痛绝,从而坚决拒之!"

那个官员听完后就说:"虽然我一向对腐败行为深恶痛绝,也从来没干过腐败的行径,可俗话说:常在河边走,哪有不湿鞋,为了防止我今后出现任何腐败行为,教授快给我打一针吧!"官员说完将袖子撸得老长。教授从一边的冷冻箱内拿出一只针剂,刚要给官员打,忽然他想起了什么,又说:"不过需要跟你说明一下,反腐疫苗也有副作用!""什么副作用?"官员把袖子往下撸了撸。"在打疫苗之前,只要你干过腐败的事,再打这疫苗,身体就会有反应!""哦,那会有什么反应呢?"官员继续把袖子往下撸,眼神已经变得不自在起来。教授好像没有注意到对方的反应,继续说:"如果你腐败事干得少,打上此疫苗之后,浑身就会起红疹,奇痒无比;如果腐败事干的稍多一些,那脏器就会发生病变;如果你是一个大腐败分子,那就会有性命之忧!"

那个官员听到这里,脸色顿时变得惨白,他看了看教授手中的那个针剂,迅速将自己的袖子完全撸下来,然后起身说:"我今天有些不舒服,改天再来打吧!"说完他落荒而逃。

教授摇了摇头,叫了第二个人。这是一个不到30岁的小伙子,他戴着眼镜,一脸的正气,一进门也撸起袖子要教授给他打针。教授照旧给他讲了这反腐疫苗的利与弊,小伙子听完之后,也把袖子撸下去,说他还有急事要处理,匆匆忙忙地就走了。

这一天,教授接待了1 161个人,没有一个人愿意打疫苗,都找借口溜了。第二天,前来咨询的人锐减至五百人,结果还是没有一个人愿意打疫苗。第三天,第四天都是如此……

十天之后,麦哲理教授看着外边空无一人的大厅,再看看一针未少的冷藏箱,仰天长叹:"难道我耗费了几十年的心血就这么不受欢迎!"这时,一个约有十岁的小男孩走了进来,怯生生地对教授说:"伯伯,你能给我打一针吗?"教授蹲下身,摸着男孩的头说:"孩子,你又不是官员,打什么反腐疫苗呀?"小男孩垂着泪说:"我爸爸就是被腐败害死的,所以我们一家人都恨透了腐败。伯伯,你就给我打一针吧!"麦哲理看着孩子,心中忽然涌起了一股说不出的感觉,他想那就叫感动吧,他说:"孩子,只要你有这份心,警钟长鸣,就永远都不会腐败,就不用打这针疫苗!"

几天后,A国的最大报纸刊登了麦哲理教授的一篇文章,题目叫:反腐败要从娃娃抓起!

复 活

厉周吉

2040年年底，以美国科学家查礼为首的科研群体终于作出了一个震惊世界的重大决定：首次对冷冻人体进行复活实验。

消息一公布，世界的目光全聚集到了美国。虽然当时科技水平大大提高，但疾病衰老等诸多问题依旧困扰着人类，如果实验成功，很多人就可以接受冷冻，等技术先进了再复活。有人甚至设想，一个健康人也可以对自己进行冷冻，从而使冷冻就像睡觉那样平常，进而使人的生命无限制地延长。

查礼是人体复活研究的首席科学家，对这项技术，他已经研究了近六十年，他们进行了多项科技攻关，其中很重要的一条就是如何把冷冻人体从零下一百九十六度升高到人的正常体温，因为解冻过程中，弄不好就会使人体细胞遭受破坏，而人体各种器官里的细胞成分和含水量都不一样，要确定一个适宜的解冻速度非常困难。

经过多次试验，他们终于研究出了激光同步分区加热技术，采用这项技术，可以使人体各个部位同时受热，而各个部位温度高低又可灵活掌握。这项技术他们已经在动物身上试过多次，但在人身上是否能行，他们谁也拿不准。

首个不锈钢罐从贮藏室里慢慢升上来了，钢罐里有一个健壮的冷冻人体。冷冻前，他是足球运动员，之所以被冷冻，是因为患了一种特殊的神经瘤。这种病现在已经很容易治疗了，只需用激光做个手术，然后用纳米量级的分子机器人修复部分受损的神经细胞就行了。

解冻流程是由电脑控制着的，当不锈钢罐上升到预定位置后，一系列复杂的操作就自动开始了。

查礼目不转睛地盯着解冻进程，一滴滴汗水顺着他布满皱纹的老脸慢慢滑落。与查礼他们同时观看这个过程的还有数十亿网民和电视观众。

解冻、回输血液、激活心肺……

当这一切终于结束，人们紧张地等待着。好久、好久，那人终于像刚睡醒一样伸了个长长的懒腰……

一直鸦雀无声的观察室里顿时沸腾了，整个世界也跟着沸腾了！

接下来一切非常顺利，那人做完手术，恢复得很快，经过多项检测，身体完全正常。

全世界人民都在热烈地谈论着这个话题……

很多人都打算对自己进行冰冻……

几天后，那人突然发烧、抽搐、内分泌失调、神经系统也紊乱了……这到底是什么原因呢？一个世界顶级的会诊群体迅速组织起来了，可他的症状实在太特殊、太复杂了，无论怎样治疗，病情依旧迅速恶化……

这可如何是好？他们想出了唯一的解决方法，那就是对他再次冷冻，等技术先进了再治疗，科学家们都希望他能同意，可是他却倔强地一再摇头，人们只能无限遗憾地看着他永远离开了世界。

科学家们希望这仅仅是特殊情况，于是又选了三个人进行复活。不过这次他们做得很秘密，想不到那些人复活后，也很快得了同样的病，科学家们只得对他们进行再次冷冻。

导致这样的结果，这到底是什么原因呢？又该如何解决这个问题呢？科学家们百思而不得其解。就在这时，查礼却顶不住了，他的癌症已经到了晚期。

作为对人体冷冻研究奉献了一生的首席科学家，只要他同意，就可享受免费冷冻。弥留之际，助手们问他是否同意，他指了指枕在脑后的遗嘱。助手准备提前看看，他却倔强地摇了摇头。

当查礼永远闭上了双眼，助手们快速打开他的遗嘱，发现里面只有两条内容，第一条是他不接受冷冻；第二条是复活者之所以很快都患了同样的疾病，也许是因为冷冻几十年后，人体原有免疫系统无法适应新环境，所以最好的解决办法是同时冷冻一块或大或小的生存空间，等被冷冻者复活后，同时激活那块空间，让他在里面生活。

如果最终没有办法让他出来，他也许只能像瓶子中的鱼一样，永远生活在那个封闭的空间里。

关于克隆人的深度报告

汝荣兴

W教授悄然克隆出了另一个W教授。

那另一个W教授，是W教授的第一百零一个克隆杰作。而W教授之所以要克隆到自己的头上，是因为他发现自己先前那整整一百次克隆虽然都绝对是成功的，所克隆出来的各式各样的"人"也无一不跟基因的提供者是惟妙惟肖的，但对于克隆人与本人究竟惟妙惟肖到什么样的程度——具体点说，就是对于克隆人与本人除了外在形体的完全一致外，是不是在思维、情感等内在的方面也全部相同之类的问题，他却还无法获得充分的证据来作出肯定或否定的结论。而这一类的"充分的证据"，似乎也只有从自己和克隆的另一个自己身上去取得，才可能是真正可靠的，因为只有自己最清楚自己的思维、情感等等，也才可能全面彻底地、细致入微地去与克隆的另一个自己的思维、情感等等作出精密的比较来。

作为一名真正意义上的科学家，W教授有着极为严肃的工作态度和十分崇高的献身精神。又由于对自己的克隆是一次比克隆本身意义更加深远和重大的实验与探索，所以，W教授是在完全保密的状态下具体进行这项工作的，甚至连在自己的夫人面前，他也从来不曾吐露过有关此事的片言只语或者哪怕是一丁点一丁点的风声。而作为对W教授的这一可贵又可敬的实验与探索的回报，是自那另一个W教授被克隆出来之后，经过了在实验室里的成千上万次的反复测试和验证，那克隆人不仅与W教授的外在形体完全一致，而且，他们俩那内在的思维、情感等也是全部相同的——真的，有好多好多回，那另一个W教授都在被测试时准确无误地说出了W教授自己所想要说的话，甚至连W教授的潜意识，那另一个W教授也全能表述得毫无差错！

W 教授便因此已拟好了他的最新论文的标题:关于克隆人的深度报告。

不过,W 教授并没有急着去正式写他的那篇论文。我们已说过,W 教授是位真正意义上的科学家,他对工作的态度是极为严肃的。是的,虽然到目前为止 W 教授已掌握了足够多的论文证据,但由于那些证据毕竟都是从实验室里取得的,他便觉得还有在实际生活中进一步去考察那另一个 W 教授的必要。

因此,在接到联合国科研总部发来的要自己去出席首届全球克隆学术研讨会并在会上作专题讲演的通知后,经过了周详的考虑和准备,W 教授便作出了让那另一个 W 教授顶替自己去参加那次会议的大胆决定。而且,为了使这一偷梁换柱显得更加天衣无缝,实际上也是为了使自己这一实验与探索取得更为圆满的结果,W 教授还特意安排自己那位漂亮绝伦的夫人,在她也真假莫辨的情况下随那另一个 W 教授一起前往会议地点……

此后,令 W 教授十分欣喜的,是通过由卫星向全球直播的那次会议的实况,W 教授看到自己的替身千真万确是里里外外都与自己绝无二致的:那另一个 W 教授在大会上所作的专题讲演,虽然事先根本没经过 W 教授授意什么的,但其中的每一句话,所用到的每一个数据,都完完全全是 W 教授所想说和所想要用的;甚至,那家伙在演讲过程中的一些下意识的小动作——譬如上台前要捧起夫人的额头吻一下,再譬如当台下响起掌声时总要举起右手捋捋自己的头发,又譬如每喝罢一口水后总要推一推自己的眼镜架,还譬如……——都不折不扣地是 W 教授所惯用的!

现在,W 教授感到自己已完全可以正式动手写那篇《关于克隆人的深度报告》了。于是他便欣然又安然地打开了他的书写电脑……

然而,就在 W 教授已将他的那篇论文打印出来,正准备装订成册的时候,他的书房的门却被"砰"地一下撞开了。

进门来的是那另一个 W 教授。只见那另一个 W 教授左手臂紧箍着 W 教授的夫人的咽喉,右手则握着一支直对着 W 教授的激光手枪。

"你这是……"W 教授问。

"我这是要送你上西天去!"另一个 W 教授回答。

"为什么?"

"为了要叫这漂亮绝伦的女人真正成为我的夫人,为了要让在全球会议上作讲演这样的风光和荣誉只属于我……"

至此,我想您一定在为 W 教授的安危捏一把冷汗了吧? 可不是,真没想到那另一个 W 教授——也就是那克隆人——竟会有如此歹毒的心肠！不过您放心，前面我已经做过交代，为让那另一个 W 教授走出实验实，W 教授是做了周详的考虑和准备的。也就是说，W 教授是肯定有那种不怕一万只怕万一的安排的——这不，就在那另一个 W 教授想要扣动手枪扳机的一刹那间，只见 W 教授不动声色地轻轻一按装在他裤子口袋中的一个超微型遥控器，那另一个 W 教授便顿时"呼"的一下变成了一缕烟，从这个世界上彻底地消失了……

　　只是，紧接着，W 教授让自己那叠厚厚的论文稿纸也同样在顷刻间化作了一缕烟，而且，他那克隆人的工作也就此宣告了结束。

检 讨

韦健华

张雄和唐芳又提到了离婚。

这次不但朋友们调解的劲没了,就是双方父母也没有了再劝的意思。新年刚开始,人家喜迎新年的爆竹硝烟还没散,他俩就吃了铁似的提出离婚。

越来越不像话,好像这个家是她一个人的似的、不帮她做家务事,也不懂得体贴和关心她,还大男人气十足,脾气越来越大、动不动就对她发火,她的话他半点都听不进去……简直就是满身的缺点——这是唐芳对张雄的看法。

一天婆婆妈妈、唠唠叨叨的,在家里有事无事地找他吵架,眼里只看到家里,半点都不会理解他——在张雄眼里唐芳是一个十足的小女人。张雄近年来在单位里的处境不太妙,办公室主任的那个小舅子成天在找他的茬子、恨不得马上把他拉下副科长的位子;还有一个他曾无意中得罪过的副局长想把他弄到二层机构去,局长没采纳那位副局长的"建议",那副局长就指使自己的表妹夫处处与他对着干,张雄在单位里要处处设防、时时小心,已经够辛苦的了!可回来还得不到唐芳的理解,真是两头受气!

他们俩产生隔阂也是近两年的事,这两年他俩吵架已不下20次,闹离婚也闹了近十次;吵架几乎都成了邻居的"家常便饭",劝阻他俩离婚差不多成了亲戚和朋友们生活中的"日常事务"。

两人都在离婚协议上签了字。

现在离婚虽说是很平常的,但也算不上是一件特别光彩、非要到法庭上去嚷嚷的事,等五天后也就是星期五这个民政办公日去办个离婚证就是了。他俩都是这样认为的!

离办离婚证的日子越来越近。

这天唐芳收到了一封信,那信的笔迹是张雄的。里面写得很谦虚,信的开头还写着"芳:说他因工作太忙对家里照顾得很不够,说他对她关心不够,以后要好好地对待她、体贴她……"与其说这是一封信还不如说是一份检讨书,只是信中的词多了些情调而已。

唐芳看着这信不由地觉得好笑起来,都这时候了写"检讨"还用那亲昵的词;她想,这张雄大概是已有十年没写过信缘故,现在这信中的语气还如十年前一样。虽然这信写得可笑,唐芳的气多少也消了些。让唐芳感到可惜的是信如以前,人不如以前了!如果是张雄能像十多年前一样该多好啊!那时他俩刚结婚没几年,张雄可是把她当宝贝一样捧着,对她的关心和体贴那真可以说是无微不至的,让多少小夫妻眼热;就是那样,他还常"日反三省"似的经常自我检查、唯恐自己对唐芳不好。

就是这天,张雄也在单位收到了唐芳寄来的一封近似"检讨"的信,信中唐芳认识了自己的不足:对他的要求太多,对他体贴不够、温柔不够,实在是没有尽一个妻子的义务等等,信中用了许多"对不起"、"请你原谅"之类的话,并说她以后一定要做个好妻子。

张雄觉得唐芳写检讨、写道歉信还像写情书一样,几乎就是十几年前给他写情信的口吻。不过,这多少让张雄感到唐芳的信这时候"其言也善"了。她这又是何苦!在张雄看来她如果现在有十年前一半那么好,他们今天就不至于到这个地步。

从收到那信开始,唐芳就发现张雄没像以前那样怒目以对,对她的脸色好多了,难道真如信上说的知错而改了?想想浪子回头金不换吧!唐芳的气不知不觉地消了好些,她想既然他写检讨认了错,也应该给个台阶让他下台的。

张雄也发现唐芳软了下来、没如前几天那样冷眼相向了,莫非正像信中写的那样认识了错误。他想,既然这女人有悔过思想,男子大丈夫就没有什么必要再跟她计较了。

他俩把那离婚协议书撕了!

真是"经过霜的柿子甜些"!这次大吵之后,两人反比以前更亲密了。

"你是怎么想到写一封检讨信给我的?"一天,他俩谈到了这事,唐芳问道。

张雄感到奇怪:"我什么时候写过检讨信给你?倒是你自己写信向我做

了深刻的自我批评,你忘了!"

"你没写信? 我给你写信做检讨?"这回轮到唐芳奇怪了。

那信是哪个写的? 在确定了两人都没写信时他们更感到跷蹊。两人都拿出了自己收到的信。

千真万确,那的确是他们的亲笔信。

此时,他俩都想起了十年前的一件事,那是市里开展的"留给十年后的一封信"的活动。

这信就是那时写的,由那活动的组委会封存到现在才寄出来的。

论 剑

赵文辉

　　仗剑者心高，再能抚琴，就更气傲了。楼兰王便是如此。他有精湛的剑术，从未逢过对手。而他引以为荣的，还是自己的琴艺。宫内外，再好的琴师在他面前，都会韵律错乱而抚琴不成。他此次动身去中原，为的是找一个叫钟玉的朋友，因为这个朋友能帮助他找到一个在他面前不会乱弦的人。楼兰王一直因为找不到可以较技的琴师而苦恼，这下好了。他为此而心切，一路上累死三匹快马。

　　钟玉把楼兰王安顿下，说我给你说说这位琴师吧。琴师乃一村夫，喜欢在山林中盘桓，和百鸟为友。有一次，琴师路过一个小山庄，见一老妇人在烧火煮饭，柴火燃烧，传出噼里啪啦的声音。琴师驻足片刻，忽然跑到妇人面前，急速从灶中取出一截桐木，在地上用脚踩灭了。然后拿出一把银两，将这节桐木买了去。琴师听火烧的声音，便知道是一根上好木材，于是请工匠制成一把琴，琴音果然美妙极了。琴师于林中拨弦，百鸟竟齐来和唱。但琴尾是焦的，琴师就名之为"焦尾琴"。

　　楼兰王笑："虚也，虚也。"心里却迫切得很，催钟玉引琴师一见。

　　琴师抱"焦尾琴"来到钟玉府上。侍人引琴师上客厅，钟玉和楼兰王已备下水酒。琴师穿越花径，忽听客厅内琴声传出，便停下来。是一曲《阳春白雪》，刚刚雪融而闻水声。琴师听着听着，忽然脸色大变，对侍人说："这音乐中暗藏杀心。为什么呢?"言罢回身便离开钟府。

　　侍人报告了钟玉，钟玉不信，驰马追赶。琴师坚决不回，说抚琴之人已动杀心，自己不可以身践之。钟玉没办法，只好打马回去，如实告诉了楼兰王。

　　楼兰王本想用自己的琴声挫一下琴师的威风，之后再与他比个高低，不

151

想却发生了这等事。钟玉问楼兰王:"你真想……"楼兰王摇头:"我岂是那般心胸狭窄之人?"钟玉不明白:"那是为什么?"楼兰王将一杯水酒饮了,放杯的一瞬间恍然大悟:自己刚才弹琴时,见窗外矮槐上一只螳螂正对着一只鸣蝉,蝉将去还没有飞起,螳螂忽进忽退,迟迟不肯出击,自己担心蝉飞跑,想让螳螂出击捕蝉。楼兰王把刚才的一幕讲给钟玉听,钟玉呆了:"这难道就是杀心形于声音?"

楼兰王满脸愧色,长叹:"三十年磨炼,不及一村夫呵!"猛然抽出长剑,将从塞外带来的那把名琴断为两截。

从此楼兰王潜心剑术,终生不再鼓弦。

市长，我去流浪

安 庆

艾米尔市长终于看到了那封信：市长，我去流浪。艾米尔市长匆匆地往下看，写信者叫木马，木马在信中说，这已经是第三次给他写信……第一封信市长批示后转到公司，公司迟迟没有回复，因为他的研究不一定和公司的业务都有联系，他在公司的境遇愈发困难。他又给市长写了第二封信，阐述他正研究的项目，诚恳地希望能给予帮助，或者受聘到适当的科研机构，他愿意立军令状，如果不出成果，即使将来打工也要偿还自己欠下的投资。第二封信又一次杳无回音，他的处境更加困难。无奈中他决定外出流浪，这是去另一个城市前再一次给市长写信，就是写着"市长，我去流浪"的这封。

还有一个情况是后来知道的，第三封信发出后，木马曾经去过市政府，想见一次市长，那天市长正参加一个活动，被很多人簇拥着，在一个间隙他闯了一次，被保安挡了回来。最终他失望地走在流浪的途中，在离开这个城市前，他又一次回头张望，眼里渐渐地汪上泪水，头发被车风吹得凌乱，他在想着要去的方向。

市长看完信，问秘书怎么回事？秘书的脸上露出苦笑，甚至摇了摇头，秘书说："市长，由于你的批示模棱两可，这个年轻人的问题一直没有解决，他的科研没有得到重视。""他的项目是否属实？"市长问。秘书说："或许就是这种疑问害了他，我做了调查，没有含糊，年轻人是大学生，由于来自农村，几年前找工作曾经四处碰壁，最后找到的这家公司薪水很低。几年来他把工资全用在他的研究上，公司不给他房子住，他在城中村租赁一个小房，微薄的收入还要支付房费，电费，重要的是买大量的资料，他把自己的正常生活都忘了，女朋友也因此和他分手，他一直在顶着压力坚持。这是一个有志气的孩子，很多做出成就的人其实都在基层，他们太不容易。"

市长听不下去了。"你说,他现在去了哪里?"市长问。

"不知道,市长。"

"为什么不把他挽留? 不让我及时看到这封信?"

"不对,市长。"秘书提着勇气,"这封信在你的桌上搁一个月了,我提醒过你,你太忙,没有把信当回事。"秘书的话里分明带着一种情绪。市长压制着没有发火,又看了一眼手里的信,指示秘书:"马上想法联系,一定联系上,我要见他。"

两天后,秘书无奈地告诉市长:"没有找到,据说他去了另一个城市,那个城市对他的研究项目非常重视,把他保护起来,给他最好的条件,而且严密封锁他研究的消息。对不起,市长,这个任务我没有完成。"

市长陷入沉思。

两年后,艾米尔市长带人参加全省的一个新科研项目推广表彰大会。会议间隙,一个戴着大红花,披着绶带的年轻人走到他的面前。艾米尔市长吃惊地站了起来。年轻人说:"你是我的父母官,我就是当年给你写信的木马。"市长的脸上一阵发热,从衣袋里拿出一封放得很好的信,很诚恳地说:"对不起,我郑重地向你道歉,我一直在找这样的机会,谢谢你今天终于让我解了这个心愿。"说着,艾米尔市长真诚地弯下腰,向他鞠了一躬。抬起头,市长说:"信,我一直放着,谢谢你对我的警醒。"他又指指另一个披着绶带的年轻人。"如果不是你的警醒,他也许不会有今天的领奖,不会和你一起站到今天的台上。"木马说:"之所以我愿意走到你的面前,也是为了这个原因。"

收购梦想

金晓磊

卡付卡博士带着他的几个助手，开着车子来到 K 城。穿着"给我一个梦想，送你五十万"这样诱人广告语的车子，满城跑着，把 K 城的很多眼珠子，都吸了过来，沾满了车身。车顶上的喇叭里一个劲地播放着：收购梦想。这四个字，随这车轮的滚动，游进了 K 城的大街小巷。

最后，车子停在了 K 城的广场上。

一群人很快就围了上来。

卡付卡觉得时机已经成熟，就拿出个仪器来。这仪器，模样有些像医生的听诊器，只是那个金属小圆饼被换成了玻璃器皿。

有好几个人伸手想去摸那个仪器，卡付卡连忙高高举起了它，说："君子动口不动手。"

"那怎么个收购法？"一个戴眼镜的老头问道。

卡付卡说："其实很简单，你把你的梦想卖给我，我把我的钱付给你。"

"梦想能卖吗？"人群里有人小声嘀咕。

卡付卡说："能卖。因为，我愿意买。"

"你买去有什么用呢？"

"不好意思，这是商业机密，无可奉告。"

"那如果我把我的梦想卖给你，我还能再有梦想吗？"

"你这个问题问得很有水平，这也是我们这个买卖的关键所在"卡付卡推了推眼镜继续说，"理论上，你是可以重新有梦想的，但事实上，你是不能再有了的，因为，在买卖之前，我们需要签订一份合同。合同规定你不能再有梦想。如果你违反合同，那要付十倍于收购款的违约金。"

人群里很快发出一阵"哦"的声音。

虽然,很多人依旧围在卡付卡的身边,却没有一个人开口和卡付卡谈买卖的。

就在这个时候,一个乞丐走了过来。

人群一下子起了哄。

有几个小青年忙着怂恿乞丐,让他把梦想卖给卡付卡。

那个乞丐很快就点头同意了。

有句话说"顾客就是上帝",但请不要介意,你的确是位特殊的"上帝"——你完全有可能违约而付不起违约金,卡付卡说,考虑到你是我的第一个"上帝",我还是决定和你做这笔买卖。

在签合同的时候,那个乞丐红着脸说,我不会写字,也没名字,按手印可以吗?

卡付卡的第一份合同,就被这个乞丐用红手印给"签"下了。

于是,卡付卡拿出了梦想的价格表。

比如:总统梦的,50万;科学家梦的,40万;歌星梦的,30万……

人群里又是一阵骚动。他们忙着让乞丐说梦想当总统。

"我梦想当总统。"乞丐大声地说了出来。

那个戴在乞丐头上的仪器,马上闪烁起红灯,"呜呜"地叫了起来,把乞丐和旁边的人吓了一大跳。

卡付卡说:"请说出你的真实梦想。"

乞丐的脸又红了。他说:"我梦想有间房子,能够吃上白米饭。"

那个仪器,绿灯闪烁。卡付卡就把那个梦想编上号,存进了电脑芯片里。然后,按照价目表,卡付卡拿出了1万块钱,并在乞丐的手臂上,套上了一个金属环。卡付卡解释说:"这是个监控器,当你想再次拥有梦想的时候,它就会发出警报。"

见到这么多的钱,乞丐的眼睛发绿了。他也无心听卡付卡说什么了,一把抓过钱,就跑进了对面的一家餐馆。

人群里爆出雷鸣般的掌声。

接下来的买卖就出奇地顺利了。

广场上的人们忙着把自己的梦想卖给卡付卡。

场面甚至一度失控。几个巡逻的警察忙着过来维持秩序。等明白过来怎么回事情以后,他们趁机也把自己的梦想给卖了。

来的人越来越多,越来越多……

几个小学生模样的人也逃课出来，卖他们的梦想了……

连妇幼保健医院出生不久的婴孩，都被他们的父亲抱着打车过来卖梦想了。等那些父亲赶到现场的时候，才明白孩子实在太小，还不会说话，当然也就不会说梦想了。于是，他们只好遗憾地回去了。有一个父亲当众号啕大哭起来。

这样的收购持续了一个礼拜左右，卡付卡选择在漆黑的深夜，一个人偷偷地先溜走了。

K城在一片歌舞升平中，传出很不协调的哭泣声。那是另外一批没机会卖掉梦想的人，当然，这样的人已经不多了。所以，那微不足道的哭泣声，很快就被欢乐声淹没了。连整个K城都被这快乐淹没了。

但没过多久，人们就觉察出问题来了。他们觉得现在的K城，变得越来越死气沉沉，没有了一丁点活力。

终于，有人找出了问题的根源：K城人的梦想，被一个叫卡付卡的人收购走了，说白了，就是K城已经变成了一座没有梦想的城市。

K城的人们，只好满世界寻找卡付卡……

孙悟空拿证

厉剑童

　　唐僧师徒历经九九八十一难，这才功德圆满，被如来佛祖一一册封，修成正果。四人功成名就，各得其所。唐僧、猪八戒、沙僧整日享不尽的人间烟火。唯独那个孙悟空，虽然已经成名成佛，可猴性难改，很快厌倦了这种规规矩矩的神仙生活。

　　悟空思乡心切，趁如来佛祖与观世音菩萨切磋经艺，偷偷回了一趟花果山，没想到，这里早已物是人非，大变了模样，猴子猴孙居然没一个认得他。孙悟空没了兴趣，一个跟头返回上界。悟空天天无所事事，越发闷闷不乐，整日寻思换一种全新生活。悟空抓耳挠腮，思来想去，决计到人间转转，看看有没有俺老孙好玩的。

　　悟空一个跟头翻到东土，"天上一日，人间千年"，沧海桑田，此时早已改朝换代，不是什么大唐盛世，而是到了 21 世纪初市场经济时代。悟空回想当年取经归来，受到唐王隆重册封的盛况，而今人海茫茫，不见大唐国君臣民，不免暗自神伤。

　　悟空信步走到一地，见众多人围在这里，观看一张布告。悟空上前一瞧，原来照样中学招聘体育教师。悟空窃喜，立即按图索骥，找到那所学校。虽然应聘者众，但悟空凭着现场一个筋斗翻十万八千里的出色表现，脱颖而出，成了照样中学一名体育教师。

　　悟空有了事干，乐得猴腚屁颠屁颠，整天带着学生翻筋斗云、拉单杠、钻火圈、撑高，忙得不亦乐乎。学生体育成绩突飞猛进，在省市县中小学运动会上接连夺冠折桂，悟空荣幸地被评为全省优秀体育教师、国家级突出贡献中青年体育专家。

　　悟空并不自满，筋斗云越发练得勤。一日悟空正在操场练习本领，同事小马让他到大会议室开会,传达上级晋升高级职称文件。悟空好奇,自语道:"这人间就是热闹,当教师还要开会、晋职称,好玩好玩,俺老孙也去开个会,弄个职称玩玩。"

进了会场,不听不知道,一听吓一跳。这晋职称除了要看教龄、荣誉称号、绩效考核、年度考核等等,必须取得九九八十一证,什么微机证、普通话证、新教材培训合格证、论文获奖证……五花八门,只把悟空听晕头转向,不辨东西南北。虽然这证那证多如牛毛,悟空毕竟是悟空,并不胆怯,心想我就不信,这晋职称拿证能比俺到西天取经经历的九九八十一难还难!俺倒要试试看。主意已定,悟空开始忙着拿证。

普通话是走向全国的通行证,悟空先从拿普通话证开始。悟空交了五百元人民币,第二天就参加了全省普通话培训。悟空说的是猴语,尽管以前跟随师傅唐僧学了点人语,可师傅那语言是大唐方言,不是现今的普通话,悟空只好从头学起。只是方言土语难改,发音一时难以纠正到位。好在老师耐心,悟空学得倒也挺快。为了集中精力学习,悟空干脆停课,苦学了三个月,终于进了考场。悟空拿眼一看,差点笑出声来,考场里除了有青年教师,还有不少胡子一把的老教师。悟空对能否及格心里没底,好在老师慈悲,把悟空当作特殊考生,给予特殊照顾,这才勉强通过考试,获得普通话二级乙等证书。

现如今人类已经发展到一网连天下的地步,无网寸步难行。悟空马不停蹄,立即向第二个证——计算机等级证发起进攻。悟空交了八百元学费,参加了一个国家级计算机培训班。悟空数了数,足足需学九九八十一个模块,每个模块都要分别拿证。悟空虽然不笨,怎奈对这人类的现代科技并不熟悉,加之模块众多,悟空学得非常吃力。为了早日拿证,悟空再次停课,让学生自学,自己起早贪黑,勤奋学习,手指都磨出了老茧。如此三个月,悟空瘦了足足20斤。终于进了考场,悟空指法都不熟练,心下忐忑不安,幸亏监考不严,加之监考老师认得悟空,在监考教师的手把手帮助下,悟空考试合格,如期获得微机初级证书。

第三个证——新课程培训。现如今实行素质教育和新课程改革,不学习就会落后,不能胜任教师职务,就会被解聘。悟空交了1 000元学费,参加了一个相当于县级的新课程培训。讲课的虽是名师大家,悟空学了足足三个月,如坠云里雾里,一句也没听懂。悟空心想这下完了,但悟空又不心甘。见有人替考,悟空灵机一动,拔根猴毛,变成一人,顶替进了考场。悟空总算

获得了这门培训证书。

接下来,悟空一连参加了三字一画、口才等一系列拿证培训,又花了2 000元钱,买了几个国家级论文证书。历时一年半,悟空累了个筋疲力尽,各个证书总算一一到手。中学高级体育教师职称如期拿到。悟空先后为此投入88 888.8元人民币。

悟空自从在照样中学教学出了名之后,前来参观者络绎不绝。消息传到省里,引起有关部门重视,立即组成一个省级教育考察团,对照样中学体育教学进行专题考察。

学校安排悟空上一节公开课,课题是翻筋斗云。公开课开始,先由悟空示范。悟空一翻没翻动,又一翻没翻动,悟空慌了神,集中精力,拼命又一翻,这才勉强翻到天上。人们鼓掌喝彩。谁知刚到半空,悟空突然直线下落,转眼间,"啪",跌落在地。原来,悟空整日忙于晋职称拿证,疏懒了练功,这才出了大丑,让人看了笑话。

悟空跌落在地,腰、腿骨折,再也翻不得筋斗,无法胜任正常教学工作被辞退。悟空无处可去,只好带着中学高级体育教师证书,回到花果山养病。悟空时常坐在山顶上,摸着那九九八十一个证书,回想起拿证的艰辛经历,长叹一声:"这晋职称拿证,让我遭受了这般磨难,简直是重来了一次'西天取经',这天庭、人间哪如俺们的花果山?"

外星网友

胡　炎

　　大约在三个月前,我在 QQ 里聊到了一个外星网友。想不到,虽然远隔三亿光年,我们两个却心有灵犀,聊得很是投机。这可多亏了科学家发明的一种全新宇宙无极电脑,不仅能接收外星文明的电子信号,而且还有一个宇宙通用语言解码器,为我们的沟通扫清了障碍。

　　这位外星网友的网名叫"没有翅膀的鸟",而我恰恰相反,叫"长翅膀的鳄鱼"。我们相互加了好友,隔三差五就打个招呼,但一直没机会深聊。出于地球聊天规则和安全考虑,我没有告诉他我所在的星球,他也一样对我讳莫如深。

　　今天晚上老婆带着孩子外出旅游了,只剩我一人,加之刚在酒店里喝了半斤白酒,每一根神经都兴奋起来,这个状态聊天是再好不过了。

　　我打开电脑,"没有翅膀的鸟"正在那儿扑闪呢。

　　"喂,你好,鸟!"我戴上耳机,亲热地问候他。

　　"太好了,鳄鱼,你终于上来了!"看得出,他很高兴。

　　"我一直想着你呢,伙计。"

　　"我也一直惦着你呢,朋友。"

　　"最近过得怎么样,鸟?"

　　"很糟的了,简直是一言难尽啊。算了,还是说说你吧,你一定活得很快乐吧,鳄鱼?"

　　"还算凑合吧。"我说,有点炫耀地提起了刚才的晚餐,我刚从一家高档野味酒店回来。

　　"是去吃野味了吗,鳄鱼?"他马上提起了精神。

　　"是的,这对我是家常便饭。"

"说说,都吃了些什么?"

"果子狸、野山羊、穿山甲、猫头鹰、娃娃鱼、白天鹅……"

"天哪!"他惊呼一声打断了我。

"难道这些你没有吃过吗?"我颇为得意地问。

"没有,但我听说我爷爷的爷爷曾经吃过。"

我笑了起来,这家伙可真够可怜的。

"这么说,你们的星球一定是对这些动物保护得很严了吧?"我问。

"怎么说呢?鳄鱼,我只能沮丧地告诉你,这些物种在我们的星球已经绝迹了。"他的语气显得非常伤感。

我沉默了一下,看起来,我真得同情他了。

"你们的星球一定很美吧?"他很快调整了情绪,问。

"马马虎虎吧。"我说,不知怎么,我突然咳嗽起来。

"怎么,不舒服吗?"

"不要紧,还不是这该死的污染闹的。"我没好气地说,石油已经快被我们烧光了,煤也所剩无几了,大气层有很多臭氧空洞,地震、海啸不断发生,还有可恶的战争、大规模杀伤性武器,就连我最爱吃的野味也越来越少了……哎,最近我老在想,我要是能搬到另一个星球生活该多好。

"我们真是同病相怜啊。"他感慨着,"鳄鱼,你的话听起来多么像我们星球的过去,你们真的已经很危险了……"

"谁说不是呢,所以我诅咒他们,诅咒那些破坏者!"我义愤填膺。

"包括你,鳄鱼,恕我直言,你也应该被诅咒。"

"什么?"我不满地瞪着他——一个奇怪的外星符号。

"那些珍贵的动物是不应该被你吃掉的,它们同样享有在你们星球上生存的权力。"

我哑然无语。对于这些,我早已习惯并麻木了。

"好了,鳄鱼,不说这些不开心的了。"他又适时地转移了话题,"其实,我们现在都有一个同样的梦想。说说,如果有一天时机成熟,你打算搬到哪个星球上去?"

"哦,这个我早就想好了,我无限神往地说,有一颗琥珀色的星球,美得简直像一个童话,我们的天文学家为它取名叫"宾尉星",那里简直是天堂。"

他吃惊得半天没回话,喉咙里只有一个"啊"字。良久,他才喑哑地说:"鳄鱼,你的天堂其实是个地狱。不瞒你说,我就是宾尉星人,可我们的宾尉星现在已经是一颗名副其实的"濒危星"了！我劝你千万不要来，和我们一起迁到一颗美丽的蓝色星球上去吧，那里才是我们宾尉星人的梦想呀！"

我的心无疑受到了重大打击，那个琥珀色的美梦竟然这样破灭了。我沮丧地问，"鸟，那个蓝色星球叫什么名字？"

"地球！"

我眼前一黑，瘫靠在了椅背上。任凭"没有翅膀的鸟"如何呼唤，我都一言不发——我不想再让他的梦想破灭，同时，我也想给自己和所有人留一点希望，从 25 世纪的今天开始，为地球圆梦。

会叫的母鸡

孙道荣

"个蛋,个蛋!"大黄响亮的叫声,让老唐无比心烦。

大黄是老唐家养的一只母鸡,芳龄三岁,属于鸡族的豆蔻年华。和大黄同一窝孵出的母鸡们,去年夏天开始,就陆续下蛋了,而这个大黄,至今却连个蛋坷垃都没下过。不下蛋也就罢了,偏偏这个大黄,还特喜欢鸣叫。只要供下蛋的鸡窝空着,它就会跳进去,装模作样地蹲一会,然后,就开始扑腾扑腾翅膀,像一只刚下过蛋的母鸡那样,"个蛋,个蛋!"地欢叫起来。老唐几次被大黄的叫声欺骗,以为大黄终于下蛋了,伸手往鸡窝里摸,除掏出一坨鸡屎外,啥也没有。可把老唐气的!老唐操起扫把,追着大黄就打,大黄一边逃,一边继续"个蛋,个蛋!"地叫着,弄得院子里其他不明真相的母鸡,跟着慌张地奔逃。一地鸡毛。

更可气的是,大黄不但自己不下蛋,还学会了偷鸡摸狗的勾当,当别的母鸡刚下过蛋,大黄就会跳进鸡窝,凶狠地将刚刚下了蛋的母鸡啄走,然后自己一屁股蹲进去,将别人下的蛋据为己有。大黄不会下蛋,身体却特别壮实,别的母鸡根本不是它的对手,只能乖乖地让出鸡窝和自己的蛋,甚至连"个蛋,个蛋!"几声都不被允许,因为大黄最听不惯别的鸡叫"个蛋,个蛋!",不就会下个蛋嘛,有什么了不起,不准叫!

老唐几次想将大黄剁了,作下酒菜,老伴劝他,如今培养一只正宗的草鸡不容易,就这么杀了太可惜了,再等等,也许哪一天,它忽然就良心发现,下蛋了呢?

老唐苦等了两年,除了每天"个蛋,个蛋!"响亮地叫个不停外,大黄的屁股,还是一直毫无动静。老唐终于忍无可忍,决定宰了这鸡东西。那天,老唐在城里当局长的弟弟正好回来,老唐四处追杀大黄。大黄一边"个蛋,个蛋!"地叫,一边围着老唐弟弟唐局长逃命。唐局长喊住了老唐,诧异地问哥哥,为什么要将一只下蛋的鸡杀了,多可惜啊!老唐愤怒地向自己的弟弟描述了大黄的种种劣迹。

局长一听,来了劲,"真有这回事?那可是一只神鸡啊!"

"还神呢?你这个当局长的真会说话,我白养了它三年,连一个蛋都没下过,神什么?"老唐没好气地说,"三年,它白吃了多少粮食?不下蛋也就算了,还天天厚着脸皮"个蛋,个蛋!"地叫,跟作报告似的,我都被它烦死了。今天,非宰了这畜生不可!"

唐局长笑吟吟地拦住了老唐,杀不得,这只鸡是个鸡才,非常难得,是个聚宝盆啊!

老唐一脸疑惑地看着弟弟。唐局长说,哥,你弟媳妇正好在城里开了家农产品专卖店,这个大黄,你就送给我们吧。

唐局长抱着大黄,进了城。

唐太太的农产品专卖店,号称卖的都是正宗的农家产品,其中以草鸡蛋为主。以前生意却一直不太好,因为谁也不相信,如今还能买到正宗的草鸡蛋。

那天,唐局长将大黄带进了专卖店。大黄环视一周,这地方比乡下气派多了,兴奋的大黄很快发现了那只软绵绵的沙发,跳上去,一屁股蹲了下来,真柔软啊,比老唐家的鸡窝舒服多了。唐局长乘机在大黄屁股下面,塞了一只鸡蛋,大黄感受到了圆滚滚的鸡蛋,激动地叫了起来:"个蛋,个蛋!"

大黄的叫声,很快吸引了不少人。唐局长从大黄屁股下面掏出那只鸡蛋,展示给大家看。"快看啊,这只母鸡真下蛋了呢!"人们惊讶地围观,议论着。

第一次看到这么多人围观自己,大黄激动难耐:"个蛋,个蛋!"越叫越欢。

唐局长和唐太太指着货物架上的鸡蛋说,我们家卖的鸡蛋,都是这只草鸡下的,是正宗的草鸡蛋,营养丰富,绿色环保。

大黄一听新主人在夸奖自己,得意地叫着:"个蛋,个蛋!"

大家缓过神来,纷纷涌向货物架。鸡蛋很快销售一空。

看到这个场面,大黄叫得更欢了,"个蛋,个蛋!"声音异常响亮。

唐局长和唐太太乘着夜色,去城里的养鸡场批发了几十箱鸡蛋。第二天,很快销售一空。人们奔走相告,特地赶来看一眼现场下蛋的大黄,听一听它响亮的"个蛋"声,然后,心甘情愿地以高价买几斤正宗的草鸡蛋回去。

专卖店生意异常火爆,大黄也是越叫越欢:"个蛋,个蛋!"

当然,也有人质疑,一只母鸡,怎么可能在众目睽睽之下下蛋呢? 唐局长和唐太太一脸不屑,不信? 那你找一只不下蛋却能够"个蛋,个蛋!"叫个不停的母鸡来看看?

大黄登了报纸,上了电视,成了英雄母鸡,甚至市中心那座大钟报时的声音,也改成了大黄叫声的录音:"个蛋,个蛋!"

那天,唐局长抱着大黄,给他喂饲料。唐太太问唐局长:"这个大黄,咋能一直叫得这么响亮呢?"唐局长指指饲料,"我给它加了响声丸。"唐太太忽然发现了新大陆似的,你还别说:"你和我们家大黄,还真有几份像呢。"

唐局长问其故。唐太太笑着说:"都特别会叫呗。你不就是因为能说会道,才谋到了这个局长的宝座吗?"

唐局长哈哈大笑,"你别小看了耍嘴皮子的,这也是才能啊!"他怀里的大黄,闻声也激动地抖抖羽毛:"个蛋,个蛋!"

神奇的药片

王培静

这是 2208 年的一个上午,在北京不是特别繁华的一条街上,一位中年男子走入了我的诊所,他抬头用心看着挂满墙壁地写着华佗再世、当代李时珍的锦旗和奖状,愁苦的脸上露出了一丝笑容。

一位礼仪小姐把他领进了诊室,我微笑着起身相迎,先生,您请坐。礼仪小姐倒了一杯水放在他的面前,笑着向他点了下头,退了出去。

这位先生的面部长得很有特点,眼睛、鼻子,嘴巴像听到紧急集合的号声,一下子跑过了头,还没来得及退回去就听到了立正似的,都在不太是自己的位置站定了,总的说,就是他长得很喜剧。

我等这位先生坐下,喝了几口水,稳了一下神后,不紧不慢地问道:"先生,在哪儿高就啊。"

他自信地说:"我是市文化局的华局长。"

我说:"说说您的症状吧。"

他说:"你很慈祥。"

我说:"谢谢,我这也是百年修炼的。"

他向后看了一眼门,礼仪小姐出去时已经关上了。我说:"你放心,在你走出去之前,不会再有人进来。"

他咳了一声开始说:"我吧,老婆长得特别漂亮,女儿也长得特别可爱,仕途上也还算知足,钱当然也够花,但最近我突然想,人活着真他妈没大意思,我想自杀,但又不想把漂亮的老婆和可爱的女儿留给别人,我心里很矛盾,也很苦恼。"

"你有想自杀的念头多长时间了?"我用手理了下花白的长胡子问。

"快二个月了。"

"还有什么症状？"

"上班时间心神不定，坐立不安，两个副局长都盯着我这个位子。听说省里新提拔上去的副部长，就是兰副局长的老丈人，下面来人，请出去吃喝玩乐也没了兴趣。回到家也不看电视，除了吃一口饭外，就是一个人在书房里待着，好几次老婆晚上想那个，我骂她，你她妈烦不烦，犯什么贱？最近，她叫我的一个好朋友来劝我去看心理医生，我看他们之间有点不对头，我审问我老婆，她死活不承认。我发现好几次了，十五岁的女儿居然和姓兰的儿子聊得很投机，他都上大二了，再把我女儿给骗了，我烦死了。"

"你这是明显的抑郁症的表现，这样吧，我给你开三天的 A 片药，一天吃一片，不好你再来找我。不过，这药有点贵，要两万多块钱。"

"没关系，再贵点都没关系，只要能治好病就行。"

三天后，这位先生又一次来到了我的诊室，他的脸笑成了一朵花，他使劲握住我的手说："王医生，你真是神医啊。我一点也不想自杀了，我太留恋现在的幸福生活了，昨天晚上我和老婆那个了，感觉真是妙不可言啊。我那朋友也是好朋友，他不可能有别的想法。女儿和兰家小子也没事，是我多心了。"

他千恩万谢刚出门，一位少妇被礼仪小姐领了进来。我微笑着起身相迎，这位女士，您请坐。礼仪小姐倒了一杯水放在她的面前，笑着向她点了下头，退了出去。

这位女士有三十岁左右，模样、气质、身材都很好，穿得更是得体，她头上的一顶手织的毛线帽，加上她顾盼生情的眼神，可以说是风情万种。

我等这位女士坐下，喝了几口水，稳了一下神后，不紧不慢地问道："这位女士，我好像在哪儿见过您啊。"

她自信地说："那就对了，我是市电视台的主持人南楠。"

我说："我说看您这么面熟呢，南女士，说说你的症状吧。"

她说："您很慈祥。"

我说："谢谢，我这也是百年修炼的。"

她向后看了一眼门，礼仪小姐出去时已经关上了。我说，你放心，在你走出去之前，不会再有人进来。

她轻声咳了一下开始说："我吧，半年前到南方去休养，感觉浑身没劲，也没有食欲，到医院一查，发现得了癌症，我还不相信医生的话，又去了另外两个大城市的医院，结果都是一样的。我感觉到了绝望，我还没有结婚，还没有生过孩子，我刚得了全国金话筒奖，我不想死，我咨询过好多名医，也去过国外，偷偷作过好多次化疗，吃过治癌症的所有药，都不管用，而且病情越来越恶化。真是没办法了，才到您这儿来试试，您就把我死马当活马医吧。"

"还有什么症状？"

"心烦意乱，胡思乱想，欲哭无泪，感觉天就要塌下来了，世界末日来临了。过去我一天洗一次澡，现在三个星期都没洗澡了。"

"从几个医院检查的综合情况，加上你说的症状来看，肯定是癌症，而且是两种癌，这样吧，我给你开四天的 B 片药，一天吃一片，不好你再来找我。不过，这药有点贵，要三万多块钱。"

"没关系，再贵点都没关系，只要能治好病，我把身子给您都行。"

四天后，这位女士又一次来到了我的诊室，她穿得雍容华贵，她见礼仪小姐出去了，突然上来抱着我就啃，"王医生，你真是神医啊，吃完药我感觉好多了，有精神了，浑身也有劲了，更是有食欲了，昨天晚上一个人吃了一个大猪肘子，真香啊，来您这儿之前，我去私立医院做了彻底检查，真是奇迹，我身上的癌细胞一个也没有了。走吧，我的车在外边，咱去个好宾馆开个房，您放心，我是完全心甘情愿的。"

"你的心意我领了，老翁只是济世救人，收不起此"重礼"。"

"那，那我怎么报答您？我去找台长，给您做个专题节目。"

"我这个诊所很小，但百病包治。我这里还有治男女不孕的 C 片，治有暴力倾向的 D 片等，药片的成分都是我亲手配的，药方是我结合李时珍的《本草纲目》，摸索几十年实验出来的。只要吃了我的药，药效可以立即传遍病人身上的每个细胞和神经末梢，药到病除，永不再犯。"

我望着那个风情万种的女人，得意地笑了。

媳妇掀开了我的被子，扯着我的耳朵说："都什么时候了，还做美梦，梦里还笑，是不是梦到又娶了房媳妇？"

这要不是梦，该有多好啊。

这里的黎明静悄悄

石庆滨

夜深了,喧嚣了一天的城市渐渐沉静下来,静得让他有些心慌,感觉好像要有什么事情发生似的。

黑暗中他大睁两眼望望四周,什么也看不清。妻子已经睡熟了。他把妻子柔软而白皙的馨香手臂轻轻拿开。妻子翻了一个身,他趁机把枕在妻子身下的手臂也抽出来,如释重负地长舒了一口气。

少顷,他一点一点慢慢地从温馨的被窝挪腾出来,穿衣,下床,轻轻地穿过客厅,走进厨房,开灯,关门。

厨房里干净整洁,井然有序。今天下午刚买的一袋面、一桶油、葱、姜、蒜、椒、盐、酱、醋……一应俱全,包好的水饺放在平箕里整齐地排列着,映着光洁的白色墙壁瓷砖,看上去就像排列规则的美丽图案。空气中弥漫着花生油和新鲜蔬菜的混合香味,整个房间就像一个温馨的女人。

他拿起案板上的菜刀看看,离近看看,拇指在刀刃上擦了一下,又擦了一下,若有所思地木然不动了。

他发了一会呆,好像在思考什么,又好像什么都没思考。这时灯暗了一下,闪了一下,灯光好像一下子比先前更亮了。他抬头看看灯,把刀放下,忽然想起什么似的,笑笑。

他小心翼翼地打开厨房的门,门当初就安得不合口,一挤一磨,咯吱一声响了。厨房投射出的灯光像快速舞动的刀剑,在门外砍了一下,黑暗立即缺了一角,余光反射,客厅朦朦胧胧的。

他把头探到门外的光亮中,面露惊慌的表情,极其夸张地抻抻脖子,往卧室那边望了又望,目光愈拉愈长,发现卧室的门没关,就一步一探地走到卧室门口,借着客厅微弱的光线,看到妻子还在沉睡,轻轻地关上卧室门,站在那儿侧耳听了一会,笑了。

他回到厨房,把门关上,从门后的墙角拿起一块磨刀砂轮,打开水管反复冲洗了几遍,放在水池台上,底下垫上抹布,伸手把案板上的菜刀拿了过来,用水沾湿,技巧娴熟地在磨刀砂轮上磨了一下,哧嚓一声——撕破了黑夜的宁静,听着十分刺耳。

他站起来四下望望,无可奈何地摇摇头,把磨刀砂轮拿到搁物平台下的壁橱里,磨一下试试,声音比先前小多了。他不敢用大力,轻轻地磨一下,听听外面没有动静,再磨一下,听听再磨,磨磨再听……

一个小时过去了,刀刃渐渐磨出明亮的光泽,寒光凛凛地刺眼。他伸出拇指,在明晃晃的刀刃上轻轻地擦一下,脸上露出满意的微笑。

这个时候,卧室里的妻子翻了一下身,抱着他的空被窝,说了一句梦话:"我会永远跟你在一起……"呓语非常清晰,隔着两道门,还有五米宽的客厅,他没有听到。

四周突然陷入一片黑暗,他把厨房里的灯关了。

他在原地站了一会,待双眼适应了黑暗,才慢慢地摸索着打开门,门还是吱的响了一声,他蹑手蹑脚地走进卧室……

天蒙蒙亮的时候,他提着一个大大的旅行包出来了。他把门合上就快步下了楼。街上静悄悄的,一个行人也没有。往前没多远,他发现一辆跑夜班的出租车停在路旁,司机好像在打瞌睡。

他拍着车窗喊醒司机,慌手慌脚地说:"快,快,去火车站,去火车站……"

到了火车站,他穿过候车室大厅直奔检票口,他的车票早就买好了。

踏上火车,他的双脚刚刚站稳,列车就缓缓地启动了。他找了个位置坐下,看着车窗外一缕浅淡的鱼白晨曦,渐渐地闭上双眼,整个身体非常疲倦地瘫软在那里。

两个小时以后,他的手机突然响起了彩铃歌声:"我爱你,爱着你,就像老鼠爱大米,不管有多少风雨我都会依然陪着你……"

他激灵一下醒了,睁开布满血丝的双眼,掏出手机,刚听了一句就笑了:"我不累,没事……"

"水饺是你睡了以后我起来包的,有现成的馅子,不累,就是多久没包了,手有些生。该买的我都买了一点,你爱吃的香肠放在冰箱里,别忘了吃啊!"

　　"我不累,平时都是你忙里忙外,我顾不上家,进家就吃现成的,现在要离开你一段日子,忽然觉得从结婚到现在,很是对不起你……"

　　男人的嗓音有些发颤,好像被什么哽了一下。周围的人都在看他,他浑然不知,继续笑着说着:"我知道,我会注意的,你放心……没事的,不就是支边两年吗? 两年很快就过去的。再说啦,节假日我还能回来的……好了,好了,别哭了……"

　　"好啦,别哭了嘛! 再哭会伤着咱的小宝宝的……对啦,你如果有感觉一定先给咱妈打电话,你第一次生小孩没经验……哎哎哎,我说你笑什么呢……"

　　"好了,就这样吧……别慌,对了,给你说啊,菜刀我磨锋利了,切菜的时候千万要注意啊……"

祥和镇的怪事儿

贾淑玲

祥和镇并不祥和,祥和镇里的人天生脾气暴躁,沾火就着。

祥和镇出了一件怪事儿,百余户人家的小镇上,每天都会有人发现自己家丢了一样东西,而同时也会发现多出一件东西。最先发现这怪事儿的人是镇东卖肉的王屠户。

王屠户一天早晨起来,习惯地去案板上拿刀,发现刀不见了,在原来放刀的地方多了一个茶壶。他拿起茶壶仔细看,发现壶底有四个字:刘记茶馆。

王屠户一拳砸在案板上,心想,好你个刘茶水啊,半夜来抢走我的刀,摆明了不让我做生意。留下一把破茶壶,明摆着向我示威嘛,我王屠户如果怕了你,我就不姓王。

刘记茶馆的掌柜,小镇上的人都叫他刘茶水,之前是个摆茶水摊子的,后来才开了茶馆。他刚起来,就听到门口王屠户杀猪般的叫声:"茶水刘,刘茶水,你给我滚出来,欺负到老子的头上了!"

刘茶水出门,看到王屠户一脸凶相,就问:"你一大早闲得难受吧?"

王屠户没说话,上来就给了刘茶水一拳,刘茶水倒在地上,脸肿了起来。王屠户说:"你再装,你自己干的好事,拿了我的刀,还留一个你店里的破茶壶,明摆着欺负我呢。你是嫌我在你茶馆旁边做生意了吧,今儿给你个教训,我王屠户不是好惹的。"说完走了。留下捂着脸的刘茶水在那发愣。

被打了的刘茶水回到茶馆里,心想,怎么会有我茶馆里的茶壶呢。他忍着脸上的疼,清点了一下他的茶壶,的确是少了一个,他又发现,集中放茶壶的地方多了一个大碗。他拿起碗细看,觉得眼熟,猛地想起,这不是馄饨张家特制的大碗嘛。他咬着牙气愤地想,好啊你个混沌张,你让我挨了打,我和你没完。

刘茶水小跑着去了馄饨张的面馆,发现面馆里只有伙计在,一问,才知道,馄饨张去了李铁匠家。刘茶水刚来到李铁匠家门口不远处,就看到李铁匠和馄饨张抱在一起,在地上厮打得火热。他摸摸自己的脸,心里终于舒服了些,转身回茶馆去了。

就这样,小小的祥和镇每天都有人丢东西,每天都有人打架,每天都有人受伤,这似乎已经成了习惯,在祥和镇人的眼里,习惯就是习惯,没有人去问原因。

终于有一天,赵裁缝早上起来,发现家多了一个水桶。找来找去,竟然什么东西也没丢。赵裁缝围着水桶转了两圈,这一转就让他想起了自己的爹。他打开一个柜子,拿出一双布鞋。在他小的时候,爹曾经和这布鞋的主人去外地,回来时,身上能用的东西都进了路边的当铺。在一个破房子里过夜,醒来时,鞋的主人不见了,就留下了这双布鞋。爹走回祥和镇时,脚是光着的,脚底磨破了,他也没动这双鞋。爹说,这是别人的东西,别人的东西咱再需要也不能动。后来一直没有打听到鞋主人的消息。爹上天享福的那天,把鞋传给了他。赵裁缝看着布鞋,长出了一口气。他拎起水桶放在自家大门外的街道上。

这一反常的行为,改变了小镇已有的习惯。

药铺的孙掌柜发现自己丢了水桶,多了一盏油灯,就去街上想找小偷算账。他走着走着,发现自己家的水桶在街道上好好地放着呢。一高兴,拎回去了。回到药铺的孙掌柜看着那盏油灯发愣,他一拍脑袋,拎起油灯走到门外,左看右看,最后把油灯挂在街边树丫上。

第二天,树丫上的油灯不见了。

祥和镇又出了一件怪事儿。如果谁家发现丢了东西,不用着急,在小镇上转一圈,总能在谁家门口找到。自己多了的东西也被习惯地放在自家门口,第二天放在门口的东西也就不见了。小镇上再也看不到有人打架了。

离小镇不远的一个破庙里,有两个乞丐在喝酒。其中一个说:"师兄,我没说错吧,祥和镇的人虽然平时脾气暴躁,性格刚烈,但他们本性并不坏。"

另一个乞丐喝了口酒说:"师弟,这次,你赢了,我输得高兴。之前的祥和镇像撒了火药,沾火就着,如今的祥和镇真的祥和了。"

"是啊,我们可以回去和师傅交差了,他老人家以后不用经常念叨他那双布鞋了吧……"两人相视而笑。

复制儿子

许 锋

儿子很忙,忙得一塌糊涂,比新闻联播里的总理还忙。

老娘就想儿子。

老娘就一个儿子,老伴儿走得早。一个人待着着急。

老娘有时给儿子打电话,没言语几声,儿子就公务应酬一般挂断了电话。

忽然有一天,儿子回家了,居然没急着走。老娘非常高兴,问:"你咋不忙啦?"儿子一把拉过老娘的手,"妈,我整天瞎忙,没啥劲儿,以后我常回家,多陪陪您。"儿子破天荒地在家里待了完整的一天。

这一天,儿子先去菜市场买菜,买肉。菜是芹菜,肉是瘦肉,剁碎了和在一起,拌饺子馅儿。老娘一看,高兴,包饺子呀,好久没包饺子啦,一个人包饺子没劲儿。

老娘赶紧和面,擀面皮儿。老娘拿手儿!儿子包。儿子原来不会包饺子,啥时学会的?儿子说:"程序里设定好的。"老娘愣了愣神,年轻人的词语,新鲜,搞不懂。

一边擀皮儿,一边包饺子,本来就是其乐融融的事儿,唠家常的事儿。老娘问:"最近和媳妇没闹矛盾吧?"儿子说:"没,我们的关系一直很稳定。"老娘又问:"你的生意也不错吧?"儿子说:"总体而言形势还是不错的。"

儿子手的动作有些机械,但饺子却包得极为匀称。速度也像定了时,不紧不慢。老娘觉得有些异样,回头看儿子,儿子开玩笑:"妈,你偷窥我干啥?"老娘不知道偷窥是啥意思,只说:"我咋感觉你不对劲呢?"儿子周星驰招牌式地一笑:"哈哈哈,妈,您真逗。"

老娘吓了一跳。

饺子下锅,不大工夫,便上了桌。老娘和儿子面对面吃饺子。老娘记得儿子以前吃饺子必吃大蒜,酱油、芝麻油、蒜泥和辣椒面儿,一搅和,滋味没得说。但刚刚老娘提醒儿子吃蒜,儿子说:"白天吃蒜不利于社交。"社交这个词儿老娘懂,但老娘想,你和我有啥社交呢?

娘俩对脸儿。老娘不住地端详儿子,但儿子只顾埋头吃,不看老娘。老娘问:"你咋不抬头呢,是不是受了什么委屈?"儿子仍旧埋头,"挺好,我现在的工作是吃饭,食不言寝不语。"

理论上是这样讲的。

家人吃饭,闷着头往嘴里捯饬,令人郁闷。老娘心里一紧。

吃过饭,俩人坐在阳台上喝茶,拉家常。老娘说起以前的事儿,儿子一点反应都没有。老娘说:"你小时候,那个时候你爸爸还在,有一天晚上你发高烧,烫得火炭似的,娘背你去医院,路滑,摔了一跤,至今我的腰都疼,幸亏没摔着你。"

儿子木木的,一点反应都没有。

老娘说:"上初中时,你想要一条牛仔裤,那时家里穷,你爸工资又低,把钱管得可严,我好不容易从你爸钱包里偷出来二十元给你,事后你爸愣说我把钱给了娘家,还打了我一巴掌。"老娘嗓音哽噎。

儿子榆树疙瘩一般只是不停地喝茶,目光有些焦灼。

不知不觉,天已擦黑。儿子起身说:"妈,我得走了。"老娘叹了一口气,儿大不由娘。

儿子的车很快消逝在街市中。

儿子见到主人时,主人左右手一拍,儿子立时消失了。主人随后查看了自动生成的儿子与老娘交流的视频,满意地点点头,随后给秘书打电话:"这家公司的复制技术总体不错,但有些细节需要改进,比如在我娘忆旧时,儿子应该适当地流几滴眼泪,人,又不是机器,总是讲感情的。"

随后他下令:"再复制几个,一个陪我老婆,一个陪我客户,一个陪我老板。"

"记住,要会流泪! 要命!"

他去桑拿了。

专家阿异

许　锋

阿异自小长在巷子里，长大后没正经读过大学，谈不上有什么学问。

人呐，该学时没好好学，哪来学问？阿异也从未装出有学问的样子，比如留个长发，剃个光头，穿一连串小洞洞的衣衫。阿异生活在首都，代表着首都的形象，人很本分，装扮很普通，西裤、衬衣、皮鞋，偶尔也穿 T 恤。老远看，外资公司普通职员，过普通小民的生活，基本属于那种胸无大志的人。

但不能说阿异没长处，比如他的京腔就特别标准，如今在首都混个三年五载，腔调都能以假乱真，但到底心虚。阿异底气足，祖上就在京城（远郊，长辛店再过去 100 公里），别的不行，说话在行。说起来有腔有调，有板有眼，说评书似的说话。忒市井。

阿异从不和别人比高下。不和高中时的那些老同学比高下。同学们中有混得好的。个别的也赖。

阿异活的这个年代，周围和平。人都把劲儿用在科学上，一系列科学成果轰动全球。

广袤的宇宙吸引了人们探求的目光。木球是地球人开展星际战略合作的一个理想目标，地球人去过很多次，但在语言沟通上存在一定障碍。为了让更多的木球孩子能学到地球语言，经过研究，决定派人去木球当启蒙老师。外教。

任务落到首都范围内。

木球很遥远，偏僻，生活艰苦。去木球一趟要十几年，要饱尝思念之苦。当有关部门高薪征集志愿者时，观望者极少，报名者寥寥无几。

很多人怀疑去了还能不能回来。搞不好就是去送命。

阿异却想去。

阿异是一个人，其父母早逝，自己没女朋友。他在地球上活得不算愉快，也不算不愉快，但太普通，时间久了死气沉沉，难受。

阿异心说，就当去木球散心，作一次长途旅行，免费的。

木球语言学校校长对阿异的到来非常高兴。在全校教师大会上校长说："中国是一个古老的国度，有着悠久的文明和历史，阿异先生的到来，为我们带来了中国悠久的文化——"校长接着说："让我们对阿异专家的到来表示热烈欢迎！"

阿异连连摆手，窘着脸："我不是专家，我不是专家。"

校长高兴地说："谦虚是中国人的美德，五千年不变的美德，阿异先生精通汉语，普通话非常流利，北京方言非常地道，对评书、曲艺、人文历史都富有研究和见解，是名副其实的语言专家！"

老师们都充满敬仰地看着阿异专家。笑着，友善得像老朋友似的。

校长继续说："你们听听，阿异专家的外语说得多么标准，比我们这里的每一个人都强，昨天经过校董会研究，我们还要为阿异专家举行一个隆重的仪式，正式聘请阿异先生为木球语言学校东方语言专家。"

脸窘得更红，简直无地自容。

回宾馆，阿异左照镜子，右照镜子，也觉得自己不是专家。怎么一下子成了专家呢？

第二天，木球语言学校专门召开专家聘任大会，主要议程就是校长亲自把大红聘书发给阿异。

阿异先生一生还从没见过这样的场面，心"怦怦"直跳。自小到大，阿异就没登上过主席台。阿异颤抖着双手，鼓足勇气接过聘书，即席发表演说，阿异用标准的普通话说："有朋自远方来，不亦乐乎——感谢木球语言学校的校长及诸位老师对我的信任和厚爱，我知道，我在木球上的工作，路漫漫其修远兮，但请各位放心，我将上下而求索，把我全部的知识，全部传授给木球的孩子们。"

短短几句话，让木球人好崇拜，看看，东方的语言，多么凝练，生动。阿异的修养，好高。

下台后，阿异紧张得抹了一把额头的汗。

专家阿异教孩子们说普通话。阿异说得很标准，教得很认真。没多长时间，孩子们都会说上李白、杜甫的几句诗了。

校长非常高兴。有时学校来人参观，校长总要把阿异专家郑重地介绍,阿异专家,来自地球上的东方,五千年历史的中国,是著名东方语言学家,普通话大师,京味特色语言大师。

引进了阿异这样的优秀人才,木球语言学校的校长获得了伯乐奖。伯乐奖奖金一百万,专门用于奖励那些在引进外地人才,尤其是外星球人才方面做出卓越贡献的专家。

阿异专家在木球上生活得很舒服,住高级宾馆,一日三餐有专人配送,医疗、保健、游泳、娱乐等配套设施和服务很到位。作为木球引进的专家级人才,阿异先生享有超越木球国民的待遇,比如他可以酒后开车,只要不出重大车祸就无任何责任,一般车祸不管什么原因,对方负全责;他可有多国国籍;他不用缴纳个人所得税;他可每五年报销一次往返地球探亲费用;更让木球人眼热的是,他可以多活一次,不管什么原因,即便犯罪被枪毙,阿异也可以再活一次(只有国王才能行使此特权)。

阿异乐不思蜀了。

十年之后,阿异圆满完成外教任务回国。阿异惊讶地发现,他已名满天下,人们尤其是一些著名学术机构齐声称他为著名东方语言学家,木球文化大师,请他讲课、聘他当客座教授的函件骡马集市似的热闹。

看到阿异今天之荣华富贵,当年没抓住机会的人后悔得肠子断成几截。

阿异到各地演讲,第一句话是:"我叫阿异,没什么学问——但木球人说我有学问,那我就有学问喽!"

满堂大笑,人们心里佩服,大师,大师级,看几句话说得,质朴、幽默,火候!

那一天,阿异又去了童年生活过的小巷子。墙上青苔依旧,地上斑驳陆离,小猫小狗什么的时而甩着尾巴出来打招呼。老街坊、老邻居有的还在,还认识阿异。

时而还吹过一阵风,叶子漫天飞舞。

阿异握着老大爷的手,眼泪流了下来。

报纸上后来登了那张照片,搞了个猜谜,谜面是:阿异为什么流泪?猜中者有大奖十万。

收到五万多份答案,众说纷纭。

阿异"哧哧"地笑笑,又到另一个星球当专家去了。

妃子笑

陈柳金

　　一千二百多年前，因为贵妃的一个嗜好，我们身负重轭，顶着酷暑绝尘而飞。从岭南至长安，八千里逶迤长路马蹄声声，一站接一站，以飙风之速穿山越水。很多同类或不胜重荷疲累而死，或遭猛兽青虫噬咬而亡。

　　荔枝每年快马急运，但谁也没有亲眼看见那"回眸一笑百媚生，六宫粉黛无颜色"的贵妃。如果能瞥上一眼，就算死，也是值得的。我是长安站的最后一匹飞马，本以为只有我能一饱眼福，但荔枝刚从背上卸下来，我就被牵到马厩喂草料，连荔枝的影子都没见着，更不要说那倾国倾城的贵妃了。

　　返程中，我犯了严重的相思病，加上中暑，一路神思恍惚，最后一命呜呼。每年酷暑，看着一批批同类驮着新鲜荔枝，带着我的思恋似离弦之箭驰往长安。酷夏就成了我的相思节，就像牛郎织女相会于七夕。

　　一千多年后，我投胎变成一个商人，某年仲夏来到了岭南。这真是个好地方，不仅仅是这里商机四伏，更重要的是岭南曾为贵妃的倾情之地，红艳艳的除了满山杜鹃花，就是那"锦苞紫膜白雪肤"的荔枝了。

　　我直咽口水，朋友说，带你去荔枝园！我十分高兴，浮生第一次见到了"飞焰欲红天"的荔园。红彤彤的果子如霞似火，铺天盖地，把眼睛灼得潺热，仿佛到了传说中的火焰山。我猴子一样爬上树，摘下一串就往嘴里塞。一股蜂蜜流进喉咙，要把我的五脏六腑化为酥糖。

　　朋友说，知道吃的啥荔枝吗？这是荔枝中的极品，妃子笑！我猛一怔，好大一颗核仁咽进了喉咙，噎得我抻成了长颈鹿。"妃子笑？一千多年前的妃子笑，怎么会长在了树上？"我昂首问天。哈哈，妃子笑，俺吃的是妃子笑，魂牵梦萦的杨贵妃！

　　朋友说："有啥好笑，莫非中了贵妃的毒？"

我说："俺的前世就属于贵妃,现世又遇到了她,她却成为了大家的口中物!"

我来了个倒挂金钩,连枝带果拽下一大串。饿汉似的猛吃,我要把前世没吃到的妃子笑补回来。

吃累了,垂坐树上傻傻地想,要是当年贵妃坐马车来岭南荔园,边剥荔枝边跳《霓裳羽衣曲》,那该是何等神仙逍遥啊!至少,俺们还能用鬃毛磨蹭贵妃,且不会抛尸野外。唉,为了国色天香的贵妃,死又有啥呢,牡丹花下死,做鬼也风流!

可是,连你的影儿都没见着,俺们死不瞑目啊!

我不停地吟咏:"一骑红尘妃子笑,无人知是荔枝来……"

朋友说:"你真的上火了,头上直冒火焰!"

朋友把我带到宾馆,点了菜,上了酒。他往我碗里夹了一拃长的瓜,说:"先降降火!"我疑惑着嚼了一口,满嘴青涩味,旋吐了出来,"啥子瓜,怪难吃的!"朋友大笑,"傻蛋,这是老鼠瓜,南方人吃荔枝必吃此瓜,它是铁扇公主那把帮你灭心火的铁扇!"

啊哈,真是一物降一物,糯米治木虱,和尚治大佛。妃子笑的克制物居然是丑陋的老鼠瓜,难道这就是因果轮回?

我真不想吃,但朋友硬逼着,就像一杯一杯逼我喝茅台一样,直醉得我不知今夕何夕……

被朋友架进一七彩霓虹处,隐约看到"唐宫俱乐部"几字在闪烁。我迷糊道:"你把俺送哪,俺可不想回到唐朝去!"便止了步,朋友用力推搡,"走,带你去见杨贵妃!"

我一听就来了劲,屁颠屁颠进了贵宾房。不一会就进来十多个宫女,她们行了万福礼,自报名号——贵妃、淑妃、贤妃、惠妃、德妃、宸妃、姝妃、丽妃、温妃、柔妃……

我喷着酒气说,贵妃留下!头牌移着莲步烟视媚行,其他妃子知趣而退。

贵妃缠到我怀里,一股脂粉味钻进鼻子,就像那蜂蜜似的荔汁,要把我的骨头化成水。

摇曳多姿的贵妃,为我跳起一支《霓裳羽衣曲》,云鬟花颜金步摇,芙蓉帐暖度春宵。历史的镜像在眼前迭现——周幽王为博褒姒一笑,不惜烽火戏诸侯;纣王为妲己建酒池肉林,荒芜朝政……君王"不爱江山爱美人",是何等的风流豪迈啊！

看着贵妃勾魂的双眸，我醉得不省人事。忽然道："爱妃，送你的荔枝好吃否？"

贵妃娇嗔道："相公，你真会哄人，我何时吃过你的荔枝啊？"

我一个鲤鱼打挺坐起来："你，你，不是你差俺们弟兄迢迢万里运送荔枝的吗？"

贵妃一脸茫然。我跳下水床，怒不可遏，"俺要见皇上，快把皇上给俺叫来！"

贵妃提了裙子冲出门去。很快就来了一个衣冠楚楚的男士，"先生，有什么可以帮到您？"

我指着他的鼻翼迎头棒喝，"你就是李隆基吧，为何要私吞俺们弟兄千辛万苦运送的荔枝？你还是不是一国之君！"

"李隆基"说："我没见过您送的荔枝啊！"

我暴跳如雷，猛一挥拳，他的鼻子马上挂了彩，血流如注！

我酒醒了大半，方知自己闯了大祸，闪电般逃离唐宫。庆幸的是，一个个侍卫没拦截我。我终于找到了自己的宝马，风驰电掣地奔上一千二百多年前的来时路。

翌日，陕西某报登出一头条新闻，概意如下：一开宝马男子在陕西马嵬坡下因酒驾与大货车相撞，当场殒命，当时车里正播放着李玉刚《新贵妃醉酒》。车尾箱则盛着满满一堆妃子笑和老鼠瓜！

喊　魂

陈柳金

　　移民村出了桩怪事。一连几天半夜，村里的狗齐齐吠叫，时而高亢，时而低咽，时而悲凄，时而惶惑，把村民搅成了面疙瘩，能掐会算的罗半仙终于开了仙口——移民移民，一移就成无根草民，自己住进楼房舒坦了，先祖的魂魄却个个飘在半空，狗识阴魂，是想让俺们把先祖灵魂喊回来！

　　爹一拍脑袋，说："怪不得这些天老梦见俺爹在空荡荡的楠竹村不停游走，叫他回家，他却说找不到回家的路！"

　　仰起头，灰蒙蒙的天空飘着朵朵失魂落魄的云，如黔东习俗中去鳞除鳃的思乡鱼，蓄着劲游移却不知乡在何处。

　　村民便动了情愫，要把先祖的灵骸迁到移民村的公墓区来。爹一大早就雇了船，请了罗半仙，备齐祭品溯凌江而上。

　　自从凌江水库加固扩容后，水位上升了好几米，龙王爷把沿途的田野、道路、房屋一口吞下，只让河道两旁傲然直立的刺楠竹浮出水面。村子就在这翠竹环抱的画境里。可惜最是无情水，昔日"竹喧归浣女，莲动下渔舟"的画面只能在梦里苦寻了，楠竹村成了千岛湖下沉睡千年的狮城。

　　仙风道骨的罗半仙也触景伤情："整个村都淹了，难怪先祖找不到回家的路。"

　　爹说："是该给俺爹安一个新家了！"

　　到得高山之巅的祖父坟前。一丛杜鹃和一株桃花开得正艳。以前桃子成熟的季节，我们每年都可以摘得又大又甜的桃，恭恭敬敬地摆在祖父坟前，像今天这样香烛高烧，清酒列樽，三牲恭陈，蟠桃献瑞。此时，罗半仙半揖首道："德川公，日月有轮回，天地无始终。凌江既高涨，吾村变水城。子民俱已迁，家园隔万重。望月仰恩德，夜夜梦音容。今奉儿孙命，引尔到新冢。魂兮驾仙鹤，飞过海云峰……"

念毕，便与爹启开坟，把祖父的骨灰坛装进竹箩抬上肩。罗半仙边在前面撒炒米，边朗声高念："东方有米粮，南方有米粮，西方有米粮，北方有米粮，米粮落地过百关。神仙关，阴鬼关，马牛六畜关，飞禽百鸟关，金丝蝴蝶关，深水鲤鱼关，圆毛三十六关，扁毛三十六关，各种关神都过了，过了关神跟俺回家门呦！"罗半仙念一句，爹就撒一把纸钱。

下了山，来到江边，罗半仙又念道："亡灵亡灵莫飘摇，步步登高过仙桥。过了仙桥有摆渡，上了渡船站稳了！"

在船头续又点上檀香，摆上三牲，罗半仙竖起招魂幡，喝下招魂酒，擂响招魂鼓，在木鱼声中念起凄凄切切的招魂经。爹扬手撒起纸钱，念响请各路神鬼领赏的唱偈。空中"蝴蝶"飘飞，纷纷洒洒，迎风摇曳，但终究挡不住下坠的弧线，一头栽进江中。爹忽然噙满泪，眼前的蝴蝶化作了秋天落叶，却怎么也找不到自己的根，随水流不知飘往何处。叶落归根从此成了对先祖莫大的讽刺！

船顺流而下，罗半仙口中喃喃，爹每隔数米，就撒一把纸钱，江面上铺开了一条蝴蝶水路。据说，这就是阴魂抵达地府的安魂道。人这一生，在世时要用钱买通一个个牛头马面，死后还要用钱买通一个个讨债鬼，到头来却落得个流落他乡……

忽地，船尾响起一通招魂鼓，沉重得要把人擂下江去。罗半仙和爹扭头回望，是陈大耳在为他母亲招魂。一样是木鱼经声，一样是纸钱纷飞。

伴着纷纷洒洒的蝶舞，天空下起洋洋洒洒的雨丝。一时间，江上飘来了几十只招魂船，一把把纸钱撒向江面，经声咽切，仿佛满天的魂魄在哭诉。空中响起声声杜鹃啼叫，要撕断人的肝肠，"从今别却江南路，化作啼鹃带血归"！

村民把先祖安葬到了移民村附近的公墓区。按照风俗，家家在坟前栽了杜鹃。因为祖父属猴，爹像以前一样，还特意栽了桃树。

但当天半夜，村里的狗还是此起彼伏地吠叫，村民又慌了神。罗半仙说，那是先祖的魂魄初来乍到，还不适应群居式的新坟冢。

如是几天半夜，狗仍吠个不停。一日，爹去了公墓区，所有坟前的杜鹃都枯萎了，当然也包括祖父坟前的桃树。

罗半仙便说，准是先祖的灵魂留恋故土，飘回楠竹村去了，得为他们再招一次魂！

大家又觉得在理，各请了师傅回楠竹村去喊魂。祖父空坟前，香烟袅袅，罗半仙念念有词："亡魂亡魂细思量，回头不是旧家乡。谁人不恋胞衣迹，儿孙喊你下凌江！"在罗半仙的经声里，爹虔诚地挖出了杜鹃和桃树。招魂幡、招魂鼓、招魂经，一条条船在纸钱纷飞中摇向回家的路。每条船上还载着一朵红云，那是村民从先祖坟前挖的杜鹃花。

到了公墓区，村民在安魂经声里把裹着老家泥土的杜鹃重新栽上。爹擦了把汗，不经意看到一个个白烟缭绕的烟囱，那是山下开了十几年的化工厂。

狗们似乎安静了许多。爹再到公墓时，杜鹃仍几近枯萎。祖父坟前的桃树却奇迹般地结了果，正是成熟时节，随手摘个一咬，满嘴酸涩味，爹忽然发出雄狮一样的怒吼，操起桃子朝烟囱的方向狠狠扔去。一头跪倒在祖父坟前，撕心裂肺地喊起了魂："圆毛三十六关，扁毛三十六关，各种关神都过了，过了关神阿爹跟俺回家乡呦！"

传　神

吴卫华

　　明末魏城的宫叔夜，是个民间画师，谁家画围屏、迎门墙、甚至墓室壁画，首先想到的就是他。宫叔夜不仅写意，还擅长写真，慢慢地，连给人传神的活儿，也揽进他的业务范围了。

　　那时没有照相机，人们想给死去的亲人留下影像，就找一个画师把死者的容貌神韵画下来，或供灵堂或挂宗祠。这给死人画遗像的活儿，就叫传神。

　　魏城虽然不大，却有一户身份显赫的人家，姓穆，户主叫穆意，据说是皇亲。这穆家有个女孩儿，外面风传这女孩儿，就要被送进宫里去了。

　　那年九月，宫叔夜被穆家请去画围屏。宫叔夜不敢怠慢，拿上颜料和画笔就去了穆家。穆家的宅邸很大很奢华，要不是有人给宫叔夜带路，他一准会在这宅邸中走迷。

　　宫叔夜被人带进一间屋子，里面已经放置好了一架做工精致的素面围屏。屋子里还有一个人，就是这穆家的主人穆意。宫叔夜给主家见了礼，问："围屏上画四时花草，还是人物故事？"穆意说："听说先生擅长工笔人物，我要你在这围屏上，把小女如丝的姿容图影画形下来。"

　　原来，这穆家的女孩儿，极受父母的宠爱，做父母的怕她进宫后，难于相见，要赶着在她进宫前，把她平日的举止容态，画在围屏上，好能日常看到。

　　穆家的女孩儿叫穆如丝，每天来宫叔夜作画的房间坐一会儿，摆出姿势让宫叔夜画。她或托腮凝眸、或手执纨扇、或顾盼横波，每一个神情，都让宫叔夜血液暗涌心跳加快。宫叔夜大多时暗中红着脸，甚至不敢正视对面的穆如丝，笔下却五彩纷呈妙韵迭出，画出的人物丰神俊骨钟灵毓秀，穆家上下人等看了，无不叫好。

宫叔夜每天只画一扇围屏，穆意虽然嫌他下笔慢，倒很欣赏他慢工出细活的结果。宫叔夜画到第三扇围屏时，穆如丝已经跟他熟识起来，会在他描摹出素像敷彩涂色时，站在边上看一会儿，问些感兴趣的事。一次，穆如丝看着画好的屏风发怔，问宫叔夜："你画得太好了，这真的是我吗？"宫叔夜红着脸说："不及你形貌的十分之一。"穆如丝听了很高兴："我从来不知道，在别人眼里我是这么美貌。你这颜色怎么有种香味？"穆如丝凑近画屏，用鼻子嗅嗅颜色。宫叔夜说："我在颜色中加入了一种香料，这样画出的花草人物，会散发出一种让人喜欢的香味。"穆如丝有点遗憾地说："这香味真的很好闻，就是太淡了点，你能不能让它们的香味浓点？"宫叔夜说："这是我家秘制的'十锦香'，稍在颜色中添加一点点，若有若无的香气，会让人心旷神怡，可研入过多了，香气就要摄人魂魄了。"穆如丝不禁心驰神往："真有你说的那么神奇？我想要一些装在香囊里。"宫叔夜连忙说："只要小姐喜欢，明儿我就拿些过来。"

第二天，宫叔夜果然带来了"十锦香"，一再嘱咐穆如丝说："这香只能放在香囊里，让它自然发挥香气，千万不能放进焚香炉里烧焚，一旦烧焚，它就散出剧烈的香气，反成了要人窒息的东西，过量吸入的人，会被香气醺死。"

宫叔夜在画第四扇围屏时，颜色中的香味明显浓郁起来，异香幽幽的，让人有种说不出的心醉神迷。穆如丝在这近似诱惑的香气中，坐着坐着就有点心神不定了，身子左扭右支的。

宫叔夜停下画笔问她："听说小姐就要进宫去了？"

穆如丝却叹口气说："我有个姑姑在宫里做妃子，说要把我带进里面，两个人好有个照应。"

宫叔夜言不由衷地说："小姐那可真是平步青云了，可喜可贺。"

穆如丝又叹了一口气，心神越发不能安定了，干脆站起来围着画屏和宫叔夜转圈子："进去后，也许我会永难出头寂寞终老。你没有见过我姑姑，她年轻时比我好看多了，却不幸进入佳丽三千的皇宫，连皇上的面都难得见上一次。"

宫叔夜的心，给穆如丝转得凌乱不堪起来："是啊，一入侯门深似海，何况宫里。"

穆如丝几近失态："我的父母不敢得罪我姑姑，又要图富贵，他们会不择手段把我送进去的。我不想去那可怕的地方，宁愿嫁一个平常人，像你这样的就好。"

宫叔夜被她后面的话吓了一跳，血喷涌上面颊，神经质地把自己一双手，翻来覆去地看着，嗫嚅地说："我除了会画画，什么也没有。"

穆如丝抓起宫叔夜修长的双手，羞涩地捂在脸上说："我就喜欢你这双手，它灵巧温和，像你的为人。"

在接下来甜蜜而又小心翼翼的日子里，宫叔夜不得不画完最后一扇围屏，他在围屏的右下角，用"十锦香"调研的色料，写下自己的名字。画匠在作品上留下字号，本是平常的事，要说不平常，"宫叔夜"三个字是连笔竖写的，他把民间的花鸟字，象形成了人物。初看像个白衫飘飘的小人儿，仰看着穆如丝，细看却是一个三字签名。画完围屏，宫叔夜收拾起画具，无限依恋和惆怅地离开穆家。

宫叔夜回到家后，人渐渐变得迟钝懒散起来，食不知味坐卧忘形，往往一天不说半句话，没法再出去给人画画。

如丝征得父亲同意后，让人把围屏安置到了她的闺房，在异香幽幽中，她反反复复观赏着围屏中的自己，其实是在细细回想，宫叔夜在画到这儿或那儿时的神情动作。穆如丝看得最久的，是第八扇围屏右下角的签名，怎么看怎么是一个小小的宫叔夜。

那天，穆如丝又盯着"宫叔夜"三字出神，忽见宫叔夜站在自家的后花园里，看着她微笑不语。穆如丝身不由己地走进去，问："你怎么还在这儿?"宫叔夜说："我不想回家。"穆如丝有些慌张："你已经画完围屏了，再不走会被我父亲发现的。"宫叔夜怔了一会儿，转身就走。穆如丝情不自禁地跟过去，拉住他说："我父亲很少到后花园来，西北角有座亭子，连花匠都不去，我们去那儿好了。"

穆家后花园的亭子，盖在繁花似锦的牡丹丛中，果然是个寂寥幽僻的去处。穆如丝和宫叔夜，两人坐卧相随形影不离，恍惚过日子的光景。一天，穆如丝向宫叔夜说："这儿的枕头太硬了，我闺房里有一个孔雀羽绒的，是我姑姑送我的宫里御用物，我真该把它拿过来。"

……

闺房里，丫环在穆如丝的耳边大声说："小姐，老爷来看你了。"

痴坐在围屏前的穆如丝，一下神色惊恐起来，仓皇四顾，一副要夺路逃走的样子。

穆意关切地问女儿："丫环说你废寝忘食地看了两天围屏，像是被什么摄了魂，你没事吧?"

穆如丝定定心神,明白过来:"我没事。"

穆意看看围屏,也没看出什么,叹口气说:"我糊涂啊,年纪轻轻的给你传什么神。"穆意很有点后悔,传神本是给死人画像,给女儿画也太晦气了,"我这就让人把围屏给你搬出去。"

穆如丝急了:"在我这儿好好的,为什么要搬出去?不行。"

穆意越发担忧:"你年纪轻,放在这儿怕你招上什么邪祟。"不由分说,指挥仆人把围屏搬到院里的杂物间去了。

夜里,穆如丝的丫环,跑去报告穆意,说小姐不见了,一时穆家的人全起来了,开门敞户地到处找穆如丝。穆意问丫环:"小姐的闺房里,少什么贵重的东西没有?"丫环去查点后,回来说:"只少了一个宫里娘娘赏赐的孔雀羽绒枕头。"大伙正乱着,一个仆人跑来说:"找到了,小姐在杂物间里。"

穆意赶到杂物间,穆如丝还呆呆地站在围屏前。穆意又急又惊:"你在这儿干什么?"穆如丝神情木木地回答:"我回去送枕头。"穆意看她手里什么也没有:"枕头呢?"穆如丝说:"我刚才送过去了。"穆意见她神志不清,吩咐丫环:"快扶小姐回闺房。"丫环半扶半拖,把穆如丝带离杂物间。穆意随后命仆人,把围屏抬到院子里,一把火烧掉了,第二天围屏的灰烬尚有余香。

穆意打算尽快把女儿送进宫去,跟穆如丝说起进宫的事,穆如丝的神情很平淡,一副置若罔闻的样子,只是偶尔会说一句莫名其妙的话,有次就跟父亲说:"好歹把我跟那有孔雀羽绒枕头的人,葬在一块吧。"听得穆意心里凉森森的,要丫环严加看守小姐,以防出什么意外。

半个月后,穆家的仆人再次找到宫叔夜,要他去穆家传神。神不守舍的宫叔夜,一听说去穆家传神,就觉得重新活了过来,什么也没问,拿了颜料画笔,跟着穆家的仆人去了。

穆家显然和半个月前的景象不同了,到处张挂着素缟白纱。

穆意请宫叔夜在客厅里用茶。宫叔夜问:"府上哪位仙逝了?"穆意伤心地说:"是小女前日亡故了,请先生来画幅大像,好灵前挂上。"宫叔夜一时回不过神来:"小姐前些日子,还好好的。"穆意悲痛地说:"好好地睡死在房里,她的死法真奇怪,好像睡着睡着就过去了,让我百思不解啊。"宫叔夜白着脸说:"我想去小姐的闺房看看,也许能找出死因。"穆意怀疑地看看宫叔夜,还是把他带到穆如丝的闺房。

穆如丝的闺房十分雅洁,紧闭的门窗依然拢着些幽幽的异香。宫叔夜敏感地嗅到熟悉的香气,心里一震,四下寻找,果然发现在床头前,有一个错金焚香炉,炉边弃着一个空了的香囊,香囊里还残存着点"十锦香"末屑。看到这些,宫叔夜像挨了一下重击,再想不到,是他的"十锦香"要了心上人的命,只觉这种罪过百身莫赎。

穆意问:"宫先生可看出点线索?"宫叔夜摇摇头。

两人从穆如丝的闺房出来,穆意把宫叔夜带到帐幕低垂的灵堂,揭开死者面上的白纸,强忍悲痛说:"请先生传神。"

揭去面纸的穆如丝,颜色不改姿容如生,尤其那红润润的嘴唇,几要开口说话似的,只是眼睛闭着睫毛交垂。只有吸入过量"十锦香"的人,才有这样美丽的死亡神态。

宫叔夜瞠视着穆如丝,直到穆意一再催促,他才取出画笔调研色料临摹遗容。死者的脸色红润如生,宫叔夜的脸色却惨白得了无生机。

宫叔夜描染出穆如丝的大致形容,在穆意的指点下,又对画像做了一些修改。画中人明眸玉貌神韵毕肖。穆意捧着画样失声痛哭:"请先生要紧画出大像,出殡时好挂。"

三天后,宫叔夜去穆家送装修好的大像。穆意看了,很觉满意,让人把大像挂在材头上。宫叔夜向穆意说:"我当去小姐灵前祭拜一下。"穆意遂领宫叔夜去灵堂。

进了灵堂,宫叔夜向着材头大像,先是高高上香,然后长揖到地,久久没有直腰。一旁的穆意,干咳一声说:"先生请起。"宫叔夜这才直起腰,却直视着大像无法移目。穆意又干咳一声:"请先生到外面用茶。"宫叔夜听而不闻,只管盯着穆如丝的大像,心里死意渐决,向着大像再一揖后,也不向穆意告别,神思恍惚地出门去了。

出殡那日,官员士夫亲友邻朋,来送殡的车马喧阗塞街堵巷。吉辰一到,鸣炮出殡,一时鼓乐喧天烟花齐放地起枢移灵了。大队人马迤逦出城,直往郊外穴地而去。

送殡的队伍刚出城门,穆如丝的灵枢突然压折了抬杠。抬灵枢的人,只好放下灵枢,等换好抬杠,竟然抬不起灵枢了!人数增加一倍,仍然没有办法把它抬起来。它稳稳地停在地上,仿佛一座小山,把大队人马滞留在半路上,进退不能。穆意惊痛得抚胸顿足:"我儿有什么心愿未了?"

后面的人吵嚷起来,原来有四个壮汉,抬着一具棺材如飞赶来,挤撞开穆家的送葬队伍,直奔到穆如丝的灵枢前面,卸下棺材横置道上。一个脸上有颗红痣的抬棺人,向穆意说:"昨天,宫先生淋浴焚香后暴毙,死前自办棺材寿衣,嘱托我们在这个时辰一准送来,跟穆小姐合葬。"抬棺人又取出一幅宫叔夜的自画像,挂在材头上,"宫先生连自己的传神都画好了。"画上的宫叔夜,白面长身俊逸脱俗。

穆意骇怒得青了脸色:"滑天下之大稽,他一个低贱的画匠,凭什么要跟我女儿合葬?"

"红痣人"从材头上取下一个包袱,打开,里面是个精美的孔雀羽绒枕头。"红痣人"指着枕头:"宫先生说这就是凭证。"

穆意再说不出一句话,那个枕头他认得,是宫里娘娘赏赐给穆如丝的。

众人莫名惊诧地围观着。穆意老泪纵横地拍拍女儿的灵柩,无奈说:"如果这真是你想要的,我就答应你,起棺吧。"

杠头喊一声号子,抬杠的人一齐用力,穆如丝的灵柩,轻轻巧巧就起来了,反把众人闪了一下。

一棺一枢,浮在送殡的盛大队伍中,顺利到达穴地。

那年,穆家的怪异葬礼,风传得满城皆知,甚至有那叹羡宫叔夜的,说他死得真是时候。

一只会说话的乌鸦

羊　白

　　鸟市上最近出现了一只会说话的乌鸦。人们都很好奇,前来围观。天下乌鸦一样黑嘛,看不出有什么特殊。以前只听说过鹦鹉八哥会学话,这乌鸦说话,会是怎么一种鸟声?

　　乌鸦蹲在鸟笼里,很温顺的样子。又像是不以为然。它斜眼张望一下喧嚣的人群,闭上眼皮睡着了。人们都说:"该不是骗人吧? 乌鸦只会呱噪,哪里会说什么人话?"

　　乌鸦的主人姜健民躺在摇椅上,自顾自哼着一种只有他自己知道的小曲,也不去在乎人们的议论。

　　姜健民不言语,是因为鸟笼上挂有牌子。上面明码标价:乌鸦说话,一字一百。

　　妈的,这不宰人吗? 比名作家还牛逼! 名作家也不过一字一元嘛。

　　姜健民鼻子一哼:"它不是作家,它是乌鸦,预言家。"

　　"哈哈——预言家! 触霉头的"乌鸦嘴"谁不知道? 谁稀罕听它呱呱?"观者全笑了。

　　姜健民有点被激怒了。直起身,摇着大蒲扇。"实话告诉你们,2008 年 5 月 12 号,知道吗? 我们村二百多人,能活着从宁强跑出来,就因为这只乌鸦说了两个字:地震。你们说,值多少钱?"

　　"吹牛皮!"有人故意激将姜健民,"你说得天花乱坠等于白说,是骡是马拉出来遛遛就知道了。有本事,让乌鸦说。让它说呀?"

　　姜健民说:"你神气什么? 有本事,扔钱呀?"

　　"扔就扔,"那人掏出 100 元。

　　姜健民吹了一声口哨。只见乌鸦脖子一梗,喙一扬,嘴里吐出了一个字："地"。发音还挺清晰。

那人捏捏拳头，豁出去了，又扔出100元。乌鸦脖子又一梗，吐出了第二个字："震"。

汪老板一直在看热闹。觉得这只乌鸦确实有意思。急忙从兜里掏出200元，同时扔了过去。还不等姜健民吹口哨，乌鸦自己先说了："玉树"。

妈呀，可真神了！不但知道汶川，连玉树都知道。还认得钱！幸亏汪老板一次扔出的是200元。

这下人们都心服口服了。

汪老板问：这乌鸦，卖吗？多少钱呀？8万？10万？

姜健民摇头。继续闭目养神。

汪老板不甘心。说他是做生意的，最需要这玩意来预卜未来。汪老板又是赔笑又是点烟，在姜健民的手背上画出了20万。

姜健民突然反问："你捐钱了吗？"

"捐什么钱？"汪老板问。

乌鸦说话了："玉树，玉树。"汪老板脸红了，"还没有。这不挣的钱还不够多么。"继续死皮赖脸地和姜健民谈价钱。到最后，汪老板伸直了一只手。还向他保证，一定会养好这只神奇的乌鸦，把它当天使一样对待的。

姜健民还是摇头。

汪老板指着姜健民，说他心太贪。50万一只乌鸦，已经是天价了，总比在这里摆地摊卖唱强呀？

姜健民品口茶，很平静地说："我花钱的地方少，因此用不着卖唱。"

"不卖唱你标那么高的价格干吗？不就是一只会说人话的乌鸦吗？还真以为是朱鹮？"

姜健民也不和汪老板去斗嘴，把那些散落的钱收集起来，装在一个大信封里。

汪老板不解气。又从兜里摸出200元，要乌鸦说：发财。

乌鸦说："谢谢。"

汪老板不悦，明明是发财，为什么要说谢谢呢？

姜健民笑："估计它还没学会吧。"

汪老板说，不会可以学嘛，又掏出200元，要乌鸦说：发财。

乌鸦还是说："谢谢。"

"不行，我就喜欢听'发财'"。汪老板又欲掏钱。

姜健民说:"行了,它不愿说你也就别为难它了。你要是觉得吃亏,最后这400元拿走就是了。"

汪老板说:"我掏钱,它凭什么不说?凭什么认为我发不了财?不行,今天不说还不行呢。"说着又掏出了六张,要乌鸦连说三个"发财"。

乌鸦说:"谢谢谢谢谢谢。"

汪老板被激怒了。不无讽刺地说:"'发财'有罪吗?你不天天靠着它发财吗?不行,它不可能不会说。它凭什么不说?"

姜健民懒得再和他费口舌。说:"你有什么疑问,问乌鸦就是了。它不说自有它不说的道理。"

"什么道理?"

汪老板凑到乌鸦跟前,雄赳赳气昂昂地质问乌鸦。

乌鸦很有礼貌地说:"谢谢捐款,谢谢捐款。"

人们都惊呆了。承认它确实是天下最了不起的乌鸦。

梦幻之旅

秋子红

马丁博士将一枚淡蓝色的药片放在我手上,一脸狐疑地问:"秋先生,您真的决定去吗?"

"去,当然去!"我一边说着,一边将药片送进嘴里。

一阵眩晕过后,我的身体开始发热。我听见,时间飞速流逝的哗哗流淌声,我感觉,自己愈来愈轻——就像一朵云,一片叶,一滴雨,一粒极速运行的光子——一声巨响过后,我终于穿过漫长的时间隧道,抵达未来。

现在是公元 2108 年,我是小说家秋子红。我的小说《欲望情史》正在世界各大网站被人们狂热阅读——其实不是阅读——现在,每个人的大脑里都被安装进一个芯片,我们只需要拖动鼠标,就会将自己喜好的任何东西下载进大脑。当然喽,那些铅字印制的纸质书籍已成为人类久远的历史,它们像甲骨、绵帛、竹简一样,早已被送进世界各地的历史博物馆。

不久,《欲望情史》被著名导演木子谋相中,拍成了电影。影片一经投放市场,就横扫世界各大影院,大获成功。我和主演姬丝小姐双双踏上全球金像奖的红地毯。我们一见钟情,成为情侣。我成为万众瞩目的公众人物,我的照片出现在街头的广告牌上,我的身影穿梭在大大小小的电视晚会上、各大网站上……

后来,我和姬丝小姐的私生活被人偷拍,我的隐私被媒体不断曝光,我被无处不在的电子摄像头造谣中伤——他们说我有偷窥癖、有自虐欲、有同性恋倾向……这些负面新闻直接导致我和姬丝小姐分道扬镳。我怒不可遏,我想将这些无事生非的家伙告上法庭!但我马上明白,这是 2108 年,"道德"这个词汇已被人类遗忘,欲望已成为人类唯一的情感,人类生活的目的就是满足自己的各种欲望!

　　我愈来愈忙碌。我的小说被人不断"阅读",但芯片也在不停刷新,它们不久就会被人遗忘。我不断书写,却至今没有在这个世界上留下一个字。

　　我感到迷茫,我想找个人倾诉,可所有的人都在为满足自己的欲望而忙碌。并且,2108年,世界上再也没有一个普通人,人人都是精英是白领是博士是教授是公司老总,机器人现已替代人类从事各种各样的工作,植物和动物早已从地球上绝迹,人类完全主宰了大自然,天空中飞满各种各样的生化鸟,田野上奔跑着各式各样的生化动物,人类完全主宰了大自然……

　　我突然感觉到恐怖!我多想像我从前在2008年那样,忙完一天的工作后,静静躺在故乡村外被太阳晒了一天的暖烘烘的河滩上,翻着一本我喜欢的书籍或者杂志,嗅着满地青草清香的气息,听牛羊在我身边低唱,小鸟在我头顶的云彩里啁啾……

　　我找到了马丁博士。他在我吞下药片后,因为好奇心的驱使,也吞下了一片。

　　马丁博士一脸懊丧地说:"秋先生,对不起!我以为未来一定会比过去美好,所以就没有研制返回去的药片。这就是说,我们回不去了,永远将回不去了!"

　　我感到绝望。我爬上了山顶,站在悬崖边上。我回头向我身后一个已完全物质化了的世界看了一眼,就舒展双臂,向着悬崖下的深渊跳了下去。

　　我想象,自己是一只鸟,我想以这种飞翔的姿势,飞向我的故乡,我的亲人,我无限怀恋的公元2008!